瓛齋集

이 책은 2013~2015년도 정부(교육부)의 재원으로 한국고전번역원의 지원을 받아 수행된 '권역별거점연구소협동번역사업'의 결과물임.

This work was supported by Institute for the Translation of Korean Classics - Grant funded by the Korean Government.

瓛齋集 2

韓國古典飜譯院 韓國文集校勘標點叢書 / 成均館大學校 大東文化研究院

朴珪壽 著　李聖敏 校點

凡例

1. 이 책은 朴珪壽의 文集인《瓛齋集》을 校勘·標點한 것이다.
2. 이 책의 底本은 韓國文集叢刊 第312輯에 실린《瓛齋集》이다.
3. 底本에 쓰인 異體字와 俗子는 代表字로 고치고 校勘記를 달지 않았다. 代表字의 판단은 韓國古典飜譯院 '이체자 정보검색시스템'을 準據로 하였다.
4. 筆寫 과정에서 관행적으로 通用하던 글자는 文脈에 맞게 고쳐 쓰고 校勘記를 달지 않았다.
   例) 己 巳 已
5.《瓛齋集》正誤表에 의거하여 오류를 수정한 경우 본문을 바로 고치고 校勘記를 달지 않았다.
6. 이 책에 사용한 標點符號는 다음과 같다.

   。　疑問文과 感歎文을 제외한 文章의 끝에 쓴다.
   ?　疑問文의 끝에 쓴다.
   !　感歎文이나 感歎詞의 끝, 강한 語調의 命令文·請誘文·反語問의 끝에 쓴다.
   ,　한 文章 안에서 일반적으로 句의 구분이 필요한 곳에 쓴다.
   、　한 句 안에서 병렬된 語彙 및 名詞句 사이에 쓴다.
   ;　複文 안에서 並列·漸層·因果 등으로 긴밀하게 연결된 句節 사이에 쓴다.
   :　직접인용문을 제기하는 말 뒤 및 話題 혹은 小標題語로서 文章을 이끄는 語句 뒤에 쓴다.
   " " ' '　引用 또는 強調하는 말을 나타내는 데 쓰되, 1차 引用에는 " "를, 2차 引用에는 ' '를, 3차 引用에는 「 」를, 4차 引用에는 『 』를 쓴다.
   【 】　原文의 註를 나타내는 데 쓴다.
   ·　書名號(《》) 안에서 書名과 篇名 등을 구분하는 데 및 모점(、) 하위 단위의 병렬에 쓴다.

《 》   書名, 篇名, 樂曲名, 書畵名 등을 나타내는 데 쓴다.

＿   人名, 地名, 國名, 民族名, 建物名, 年號 등의 固有名詞를 나타내
     는 데 쓴다.

▨   훼손된 글자의 자리에 쓴다.

目次

瓛齋集　卷八

瓛齋集　卷九

書牘

瓛齋集　卷十

書牘

瓛齋集 卷十一

書牘

瓛齋集

卷七

綸音
跋文
咨文
書啓

潘南 朴珪壽 瓛卿 著

弟 瑄壽 溫卿 校正

門人 淸風 金允植 編輯

綸音

慰諭嶺、湖被災人綸音

王若曰：

嗚呼！惟予否德，叨承艱大，夙夜祇懼，不敢荒寧。惟恐治不逮志，澤未下究，無以答上天眷顧之意，副群黎愛戴之心，宵衣旰食，一念在茲。

迺者春夏以來，雨暘不均，稼穡之艱，殷憂憧憧，何幸諸路之農形庶慰望秋之民情。

不謂颶風暴雨發作無時，大嶺之外最受其害，自湖以南亦復告災。民命之淪壓、房屋之漂頹，計以千百，以至舟船、鹽盆之屬為民生不可闕者，靡不為獰飆之撞破、洪波之衝捲。驚心慘目之報陸續而至，此何故也？此何異也？

乖氣之致必有感召，靜言思之，誰執厥咎？良由予寡昧涼德，不能格皇天陰騭之仁、祖宗默佑之恩，乃使無辜之赤子，罹此百凶而莫之救焉。予心之惶愧慘惻，又何敢自寬而自釋乎？

嗚呼！斯民也，惟我祖宗列聖恩勤鞠育以付予之赤子也。其在平時，藉使無旱潦之憂、饑饉之苦，終歲勤動，每缺仰事俯育之資，十口生涯，無望輸租納布之餘。

稔年樂歲，尚憐鶉鴰其形，駭浪驚濤，詎意魚鱉爲伍？
窮鴌甕牖蕩爲邱墟，婦孺鬙白呼號宛轉，雖其僥倖而得全
者，室家之仳離，骨肉之墊溺，悲哀痛苦，尚忍言哉？階前
萬里森然在眼，玉食其可以甘乎？丙枕其可以安乎？

方伯、守令，皆朝廷之所眷毗、民庶之所倚賴也，分
憂之義、撫字之方，固應靡不庸極。而耿耿予衷，自不能
已，又以慰諭使命特差邇密近臣之出宰者，周行郡邑，宣布
予如傷若保之意。

凡厥潀壓者之拯瘥，漂穎戶之構葺，自有營邑睧卹，而
必使死者被掩骼之恩，生者得庇身之安。而哀彼巖墻之命、
水濱之魂，悠揚漂泊，何以慰之？予懷惻傷，繞壁徊徨，式遵
故事爲壝，大招以酹之，冥漠幽鬱，庶幾一伸其煩冤耶！

嗟爾眾民，遭難餘生也，蕩析離居，勢所必至，而扶老
攜幼，忍別邱墓之舊鄉？安土樂生無如桑梓之遺業。其各
畋爾田，宅爾宅，無至顚連道路，失所彷徨，以俟父母爾字
育爾者之多方措劃，免溝壑而置衽席，是爾等回咷爲笑之
日，而亦惟予少釋南憂之辰也。

至若按藩分符之臣，孰敢不體予至意乎？徭役之可蠲，
征斂之可省，凡所以便民而利民者，隨事講究，條列登聞。

咸得奠安厥居，無令散而之四，然後方爲對揚之實，不
孤委寄之重，各須知悉。予不多誥。

跋

《法善圖》跋

宋仁宗貴爲天子，富有四海，供奉飲膳可惟意所適。而乃念一進燒羊，恐啓無窮之殺，忍飢不復求索，其可謂仁厚之至矣。

臣竊怪夫夜深不寐，飢思燒羊，有似勤苦書生之事，帝王之尊，奚爲而有此也？

宋室三百有餘年，治平之業必先數慶曆、嘉祐之世。此其蚤夜孜孜，宵衣旰食，夫豈無所爲而然哉？

史稱：“帝恭儉仁恕，崇儒重道，頻御經筵，雖盛暑未嘗少倦；容納諫諍，雖逆耳未嘗摧折。惻怛之心、忠厚之政，所以扶養元氣、培植國基者，至深且厚。”

是以慶曆以來，君子滿朝，海內寧謐。千載之下，猶令人想見當時之盛，是惟仁宗天子之爲仁賢主也。《傳》曰：“爲人君止於仁。”帝誠無愧焉。

若夫不索燒羊，特小節耳。恩足以及禽獸，而功不至於百姓，則齊宣王之不忍觳觫牛耳，曷足貴哉？

《人心道心圖》跋

心，一也。心之爲用，有由義理發者，有由形氣發者。由義理發之謂"道心"也，由形氣發之謂"人心"也。

由形氣發者未必皆人慾之私，而耳目口體之養、喜怒哀樂之情，一或不得其正，則易循乎人慾之私，而此心之發於義理者無幾矣。故曰："人心惟危，道心惟微。"

若夫循形氣之私，一往而不知返焉，則蓋危者愈危而微者愈微，終底於窮人慾而滅天理矣，可不畏哉？可不懼哉？

行一事出一言，安於吾心而亦安於他人之心者，是必天理之當然也。行一事出一言，終不安於吾心而亦不安於他人之心者，是必人慾之作爲也。

聖人所以察之精而守之一，不雜乎形氣之私，而純粹乎義理之正，能事極功，於是乎在。堯之命舜，舜之命禹，其丁寧告戒，不外乎此。

夫"危微精一"之訓，是惟堯、舜、禹，亦惟我祖宗列聖相傳之心法也。今我殿下命寫《心學圖》，臣敢不拜手稽首蹈忭而記之？

《璿源譜略》跋文

統天隆運肇極敦倫主上殿下，卽祚十有一年歲在甲戌二月辛巳，中宮殿下誕生元子。天地同泰，神人胥懽，星海雲日，休祥可徵。

粵七日丁亥，告于廟社，上親上箋文于慈聖，臨殿受賀，大赦八方，洗滌瑕垢，蠲蕩宿逋，凡所以覃恩廣慶，導和迎祥，靡所不用其極。

以屆百日，宗正府遵彝典請謹書于《璿譜》，命臣珪壽爲之跋。臣文詞拙陋，不足以揄揚積累之盛德，賁飾無疆之洪休，若乃據國人大同之情，蹈舞踊躍，攢手加額而祈祝之辭則有之。

竊伏念聖人之生，自有其期。是歲甲戌卽惟我英宗大王誕降之三回曆紀也。恭惟皇祖姿挺上聖，應天休命，文謨、武烈度越前代，深仁、厚澤浹人肌髓。壽考作人，久道化成，厥享國五十有二年。今我元良誕降之辰同符聖祖，上天之默佑陰騭，夫豈偶然乎哉？

命哲命吉罔不在厥初，則以聖祖位祿名壽，蘄祝我元良，卽擧國臣民之彝性，而臣所云蹈舞而踊躍者也。

我聖上又將上法祖宗，垂裕後昆，蓋自三代以來早喻教，厥有要道。《大戴禮·保傅》篇曰："太子之生，固擧以禮，有司端冕，見之南郊，過闕則下，過廟則趨。"此始生之教也。

賈誼之告文帝曰："立太保，保其身體；立太傅，傅之德義；立太師，道之教訓。自孩提有識，固明孝仁禮義以導習之。"此孩提之教也。

朱子上孝宗封事曰："使侍燕遊，從容啓迪，凡古先聖王正心、修身、治平之要，服行而已有效，勉慕而未能及者，傾倒羅列，悉以告之，則得乎心傳之妙，而宗社之安，垂於永久。"此既長之教也。

夫元良，國之本也。惟天惟祖宗，眷顧我家邦，篤生聖嗣。克岐克嶷，知思漸長，遇物之誨，必自衣尺若干之時。

左右前後，宜選孝悌、博聞之士，習與正居，化與心成。生知安行，爲堯爲舜，太平萬歲，實自今始。有道長久，不讓三代，而英宗聖祖大德必得之盛，斯可以繩武。臣敢拜手稽首而颺言。

《璿源譜略》跋文

歲乙亥五月日，宗正府啓言王世子冊封禮成，敬遵彝典，當紀載于《璿譜》，其跋文製述，敢稟聖旨，上以命臣珪壽。

臣踧踏懼忭，不暇揣量於文辭之拙陋，而惟以效力於盛典，爲至榮也、大幸也。

仍伏惟念我東宮邸下，誕膺顯冊，正位貳極，爰在於初度肇錫之齡，是固天命之所眷顧，人心之所蘄嚮。而亦惟叡姿特異，天縱生知，古昔聖神之作，有生而能言者，庶幾近之，此實歷代列朝罕有之大慶也。

策命之日，聖上臨殿遣使，世子以空頂幘、七章服，受冊于熙政堂。扶護拜跪咸中禮度，盈庭臣僚動色相顧曰："吾君之子，眞聖人也。"

臣隨諸大臣後，陞堂再拜，恭瞻叡容，日表龍姿，天然當座，垂衣執圭，凝重舒泰，仰離明之繼照，如震旭之方昇，而是日也春和景明，萬品昭蘇，祥雲瑞靄，紛紛郁郁於觚稜、罘罳之間，臣退而與百工相賀。

　　而聖人篤生，受命自天，克岐克嶷，已具如日如雲之象，宜君宜王，允符重輪、重輝之頌，其必大有異於常人者。

　　而若夫渚虹方周之歲，爰舉銅龍肇闢之儀，聲律身度動合繩矩，則前代之所未有，而莫盛於今日也。

　　且於眞殿祇謁之日、法宮移御之辰，　內而搢紳從官，外而都人士女，顒顒卬卬，萬眸爭瞻。鑾輿載過，鶴駕隨臨，莫不延頸跂足歡欣蹈舞[1]。

　　而惟我邸下端拱穆穆，儼若思不內顧，藹然仁愛見於顏色，非大聖人而能如是乎？

　　臣因此而竊有所仰祝。夫有聖人之質者，必有聖人之學，有聖人之學，然後乃處聖人之位，行聖人之道。

　　今我世子有聖人之質矣，所以將就聖人之學。雖有師保之得賢，左右之罔非正人，而亦惟我聖上緝熙聖學，以身教之，則將以聖繼聖，垂裕無窮，太平萬歲，使斯民咸囿於熙皞時雍之治矣。聖人之能事極功，於斯焉在！臣敢以是爲獻。

1　舞：底本에는 "舜". 문맥을 고려하여 수정.

《璿源譜略》跋文

統天隆運肇極敦倫主上殿下十有二年乙亥日南至，　命時原
任大臣、九卿、三司、禮官入侍，　豫定皇考翼宗大王世獻
之禮。仍議追上尊號曰"啓天建統神勳肅謨"，加上大王大妃
殿尊號曰"隆穆"。

　　諸臣等咸拜稽首曰："大矣哉，聖上之孝也！百世之祼
獻伊始。二聖之顯冊俱舉，曷敢不對揚奉承以光聖德哉？"

　　既崇賁鉅典，因蠟饗告獻冊寶，又奉上冊寶于東朝。於
是宗正府稽彝憲，將謹載于《璿譜》，以臣珪壽曾玷太史，命
撰跋文。臣躬逢晟會，不敢以文拙辭。

　　恭惟我翼宗大王聖德、神功，史不勝書，而重華協堯。
謳歌歸啓，代理四載，百度惟貞，八方風動。其敬天法祖，
愍祀卹刑之政，至誠至仁昭假旁達，皆可爲後王法。垂裕貽
謨，式至于今日休，於戲不忘之盛德至善，誠宜世世享獻，
登絃歌而刻琬琰矣。

　　亦粤我大王大妃殿下以聖配聖，二南之化、九如之頌，
誕受千乘之養，而抗冕之治，奠國勢於泰山盤石，陰功厚
澤，幪幪滲灑，丕贊我聖上郅隆之化。

　　鴻號顯冊，大書而不一書，而況當摸畫乾坤、揄揚功
烈之時？又宜鏤金范玉，以賁日月之齊耀，而述事養志，俱
合情文矣。

　　今我聖上嗣有大曆服，追惟皇考之德之功，允符于殷
三宗、周世室。以我家之禮，斷然行之，實有光於不匱之達

孝，而玠檢玉牒，輝映于千代，則永有辭於聖子神孫。猗歟盛哉！《詩》云："永言孝思，孝思維則。"又曰："旣右烈考，亦右文母。"臣敢贊述其萬一，以彰聖孝于無窮焉。

咨文

【咨照共十五首，除方物、犯越漁採、展邊等例咨八首外，洋舶事件咨
七首入錄。】

擬黃海道觀察使答美國人照會

丙寅十二月，有美利堅船來泊黃海之長淵縣界，投書
稱謝前此護送伊國漂人之事，仍又問本年秋間平洋河
焚燬伊國商船事狀。該縣不善接應，美人徑歸，竟不得
回答而去，失機誤事未有甚於此者。時余在浿營，方病
劇臥，聞此不勝憤激，蹶起草此擬答文字。

朝鮮國黃海道觀察使、都巡察使朴承輝爲照覆事。
　　查本月十八日，貴總兵駕駛俄柱噺船，在敝境長淵縣
海面停泊，投送書一封、照會一角，專要轉達我朝廷，且候
邊疆大臣回文。該地方官理應明告往復程途之稍遠，善辭
致誠，挽留貴船。今乃回文未到之前，致令遠賓徑歸，違禮
乖情未有甚焉。除該地方官已令戴罪留任外，茲修回覆文
字以俟貴船，或者再來，尚祈管照事情。
　　本國法例，凡有異國商船漂到者，船完則助糧給需，候
風歸去，船不完莫可駕海者，從願旱路，差官護送以達北京。

前後不止一再，是爲體仁上天，視隣國之民猶吾民也。今貴照會盛加稱道，還切愧怍。

秋間平洋河事，伊時有異國一船到平洋河下流，該處地方官意謂漂到，前往求乘船問情。船上人大惡官人，不與接談，閉目僵臥，顯示侮蔑。我人忍耐羞憤，卑辭苦懇，始知非漂到也。

有崔姓人，自稱法國人，又或稱英國人。其言曰：「法國兵船方大到，若許我交易，當爲兩國解兵。」地方官答以交易一事非一個地方官所可擅許，崔姓曾不採聽，益肆咆。

平洋河水淺，不可行大船。彼猶不顧，每天乘潮溯上數里。我人只要事不張大，或送米肉、荣果、柴薪等物，答云「明日便回」，而及於明日，反又溯上，看看漸迫省城。省城副將每日乘舟護行，以防彼我人雜亂之弊。一日自厥船投下鉤索，引去副將之船，執置副將及印信於船中，或逢往來商船，用砲轟碎，奪其物而殺其人，不知其數。遠近莫不大駭，奔竄相續。何曾有兵戈交鋒之事？而副將被執，其辱已甚。然而猶復卑辭苦懇，請還副將，則答曰：「待我入城還送。」

其姓崔者能爲東國言語，桀傲無雙，必欲犯入省城，又未知其意所在。而滿城數萬軍民不勝忿憤，齊出河上，奮力搏戰，欲奪副將，中丸死者又爲數十人之多，則衆憤齊激，勢莫可遏。銃砲互發，撒[2]柴擲火，而畢竟彼船中藏藥轟裂，黑焰騰空，船燒無餘，人死無存，尙不知此船之爲貴國船也。

---

2 撒：底本에는 "撒".《同文彙考 原編·洋舶情形·回咨》에 근거하여 수정.

姓崔的無端深入他國，惹此事端，至今追究，不知其爲何意也。貴照會內"船客係別國人"，即姓崔者之謂歟？

此事始末盡於是矣。貴國俗尚禮讓，爲合省名邦，中國之所知也。貴照會內"照前和好，無各殘害"等語，原不足秋毫置諸疑慮間。

玆庸奉復，并須諒悉。爲此照覆。須至照覆者。

請開諭美國使臣勿致疑怪咨

爲咨覆事。

同治七年三月日，承準貴部咨，節該云云等因。

奉此竊念，敝邦平壤江洋船肆虐，自取燒燬事情，曾於同治五年八月二十二日咨內，備陳始末，今無庸更述。

嗣於同治五年十二月，據黃海道觀察使朴承輝馳啓，備長淵縣監韓致容呈稱"有異樣船來泊於本縣牧洞浦。有自稱登州人于文泰、仲允升兩人，以美國水師總兵舒富照會、朝鮮國邊疆大臣文字，招呼土民金大靑交付，要致官府。該照會內稱'本總兵駕駛俄柱斯船，在貴境停泊，非有動戈爭戰等事，實因本國商船報明。據在本年夏天之時，路經貴國境界，遇沙石淺擱，幸蒙貴國救護，送至中華大國，全得平安還家。本國人聞此事，無不欣美貴國慈愛之恩也。玆查又有本國商船一隻，於本年秋間停泊貴國之平洋河，即太平河。本總兵風聞，被貴國百姓將船焚燬，船東、船夥俱係美國人，船客係別國人，俱被殘害，至今無一人還。本總兵蒙本國水師提督委派詳察。如果有此等情事否，如係屬實屬虛，如係本國商船或在貴境有騷擾等事，因以忿爭以致斃命，或現存幾人，仰貴國迅速查明照覆。竝現存幾人若在，蒙交本船是幸，否則從此以後，但願兩國照前和好，無各殘害"等因前來。

據此始知平壤江惹鬧者之爲美國船也。 此事不可以無答，該地方官不能挽留厥船，乃致徑歸。其失非細，已令戴罪留任，飭觀察使朴承輝修置回覆文字，以待美船之或者再來相問。

今此總理衙門原奏內美國領事官申詳，有"中國帶水人于文泰回來"云者， 確是長淵縣曾到之船中人也；"伊到高麗"云者，明是曾到長淵縣之謂也。"遇高麗商人金子平"云者，未知爲何等人，而其曰"親見有洋人二名、華人二名在披陽省衙門內"等語，無據無理之誑說也。

當其藏藥轟裂，人船俱燬之際，華、洋四人那能獨脫，而衙門之內留置安用？ 況商人賤類，何敢輒到衙門，親見許多人物乎？ 其曰"披陽省"者，必是平壤之訛也。以平、披不分之愚賤，做構虛捏無之荒唐，致煩咨覆，罪不容誅。

至若英國使臣照會所稱"法國兵船前往高麗交戰，嗣後英國商船一隻亦赴高麗，有通商之意，被高麗人將船打破，盡行殺死"等語，尤屬孟浪。

本國江華府、法國交兵，在於同治五年九月。 伊後無論法國、英國，又無論惡意、好意，竝不曾見一隻船來過。

初無其船，何得將船打破？本無其人，何得盡行殺死？苟有是事，豈不以此情形，早爲咨報貴部乎？其爲蜚語做詭，不待辨明可知。是必有一種奸細樂禍之徒，計在構釁滋擾而然也。

金子平者既稱高麗商人，方自本國物色詗捉，而于文泰係是登州之人，伊于何年月到高麗，何地方逢見金子平，理合徹底查究，使其說落空，快破遠人之惑，永絕仇怨之端，恐不可已。

平壤江兩桅洋船無端肆惡，自取燒燬，不是本國枉害遠客之事情，不可使美國使臣尙未詳悉，每致疑怪。其黃海道觀察使朴承輝曾所修置回覆美國總兵之文字，玆以附呈，儻得轉示，則曲直所在，庶應洞知。而漂海遭難之人，國有救送之規。今若有流落可憐之命，何必使之羈留踞凉乎？所稱華人二名、洋人二名，俱屬烏有，自可辨之。又況英國船打破，元無是事，不須更論。

煩乞貴部將此事情，轉達天聽。特賜布示開諭，以爲釋疑解惑，毋復故尋事端，無往非庇覆之洪恩大德。不勝祈懇之至，爲此合行咨覆。

美國兵船回去，請使遠人釋疑咨

爲歷陳洋舶情形事。

同治七年三月日，承準貴部咨，節該云云等因。

奉此竊照，已將前後事狀纖悉臚陳，辨明于文泰、金子平做誑孟浪及英國商船本無來過之事，煩乞貴部轉達天聽，特賜布諭，以爲釋疑解惑之地，于本年三月日，業經修咨回覆。

嗣據平安道觀察使朴珪壽、黃海道觀察使曹錫興等鱗[3]次馳啓，備三和府使李基祖、長連縣監朴鼎和等呈稱"有異國三桅大船，來泊長連、三和兩邑分界港內，云'是美國火輪兵船'，水師副將官費米日投照會文字，求層層轉達。文稱'丙寅年七月，有美國商船一隻意欲通商，至平洋河下流，至今未回。風聞遭不法之徒，將人凶殺，貨物刦奪，船隻滅沒。前一年，美國兵船一隻來至平洋河南，查訪其事，但所行之文，貴國官不覆，故未得確信。嗣後美國水師提督新聞一信，云「該般之人尙有數名未斃者，却被貴國官員囚執下獄」。故特派本副將，率領所督理之兵船，來至此處，以討索在獄之人。務須完全，交於船上方可，本副將切望大君王揀派人員前來，會議辦理此事'，又稱'若不早將四人交付，吾卽溯至省城。雖如此溯上，亦是和睦，不令一人受害'"等語。

地方官未及回答，該兵船漸漸溯上，港口守將放砲數次，使知有備。該船中副將又投文字稱"此等禦敵之舉，不宜反加於和睦辦事之國。儻若事未完結，而强致空回本副將，度定夏月之間，上司必領其督理之兵船俱來，以務此

3 鱗：底本에는 "鱗"，《同文彙考 原編·洋舶情形·報洋夷情形咨》에 근거하여 수정.

事"等語。

地方官等將已經回覆貴部咨文及丙寅冬黃海觀察使未傳美國總兵覆書，并爲送示，爲書回覆曰："本年二月，都京禮部移咨內，有貴船來此事情，吾國已於回咨，詳辨初無拘留人名等事。此係上國已達之信迹公文也，必當轉到貴國使臣。且黃海觀察使丙寅書中，備言平洋河燒船始末，貴副將自可燭悉無餘。所求轉達王朝文字，係非國書，邊臣不敢輕遽遞上。雖自王朝派員前來辦理，更無加詳于此。所謂金子平，空然做詭構疑至此，已經黃海觀察營捉查，情狀綻露。今將金子平押到貴船查究，自可釋疑破惑。至若兵人放鎗一事，貴船乃兵船也，關防師律各國同然，何敢擅許兵船入港乎？以此見怪實所未解，其勿介意。"

仍將金子平押到船頭，對彼查究做詭情節，處斬示警。彼人仍復矴留多日，于四月二十四日，擧矴向西駛去。

計其始來首尾，治爲一月有餘，地方官等爲念遠人，時或饋遺雞豚食物。且說于文泰、金子平撒詭無實，已具覆禮部回咨，彼人輒稱："于文泰未知何人，北京禮部，吾等沒相干。"

竊念年前所燒之舶，寔屬自取其死。然其國無怪訪探事狀，且旣誤聞風傳，亦無怪疑問未斃有無。而旣煩總理衙門，以有貴部轉咨，理合遲待回覆，不宜駕海前來。及夫來泊，亦旣送示前後據實文字，自應犁然領會，闊開疑竇。推以事理，決無無恩怨枉害遠人之理，又決無未斃人空然拘囚之理，竝不待再煩辨說。

今其揚帆回棹，未知其意何居。其稱"于文泰未知何人"，殊涉可疑；其稱"北京禮部沒相干"，益見無理。殆類本不知美國使臣照會中于文泰、金子平等語，仍不知貴部行咨之事，徒憑傳聞，故尋事端。且其言言自稱雖云"意在和睦"，第觀漸漸溯上，必欲深入內地，所駕者兵船也，所載者戎器也，叵測之情，將誰信之？

敝邦年來屢有舶擾，每煩我皇上東顧之憂，不勝感激愧悚之忱。然而凡係邊情緩急海舶行止，不敢不隨輒報知，誠欲中外機務，接應無滯。

今此美國兵船雖已回去，是否解惑尚未可知。欲望貴部大人熟加商度，將前行咨覆，轉達天聽，飭下總理衙門，作何辦理。使美國遠人渙然釋疑，勿復以無實之事，往來屑屑，莫非覆燾寰區，無物不遂之至仁盛德。不任千萬祈懇之至，爲此合行移咨。

陳洋舶情形咨

爲咨陳洋舶情形，仍乞仰藉皇威，滌除亂窩事。

同治七年四月二十一日，據公忠道觀察使閔致庠馳啓，備德山郡守李種信呈，稱"異船一艘來泊浦口，洋人數百猝入郡治，撞碎官庫，搶取軍器，直向郡北伽倻山，毀破南延君墓，勢甚凶悍。被官兵赶逐，幸不犯壙深掘，而塋域封植，殘敗狼藉"等語。

當職猝聞此報，震驚憤惋，罔知攸屆。南延君墓是當職本生祖父母墓也。今此賊艘未知自何國，又未知有何深讎，猝地登陸而疾走，專欲犯人之先墓，至凶絶憯，載籍所無。

嗣於四月日，據永宗鎮防禦使申孝哲馳啓內"賊船來泊該鎮前洋，投一紙書，辭甚悖嫚，已以嚴辭斥之。衆賊乃復登陸猖獗，被本鎮兵卒乘時迎擊，釰斬丸斃，多有殺死，奔走上船，舉矴遁去"等語。

查所投嫚書，自稱"亞里莽水師督"，未知亞里莽是爲國號歟？地名歟？且其文字大不類華人繙譯之漢文，只似敝邦陋鄉人聲口。是必有本國匪類潛入異域，計在構禍而售奸，爲此慫慂而鄉導。如其不然，所謂亞里莽彼以無怨無讎不相干之人，做此常情常理所未有之事，究是說不去者。況其偸入委曲汊港，快走徑捷道路，別國異類，何能慣熟乃爾？

查於本年四月，敝邦緝捕邪黨張致善，供稱本國匪民崔善一、金學伊、沈順汝、李聖集、李聖儀、朴福汝、宋雲五等七人，暗通洋人，越海潛入，現住江蘇上海縣、山東烟臺口地方，前後洋舶之擾，皆此輩所醞釀招誘而成之。屢加盤覈，儘有形迹。招亡納叛，彼洋之情，已極叵測，背國造亂，此奸之罪，豈非絶憤？

竊伏念天朝威德遠被，清理疆域，似此潛蹤匿形叛國招寇之類，其在王法，不容倖逭，在小邦，亦不敢不憑藉皇靈而申國憲矣。惟我大朝之於小邦，覆庇之，憫卹之，凡有控訴，靡不曲循。今於有事之日，徒懷嚴畏，自阻於聽卑之天，則不其有負於皇朝字小之恩也哉？

煩乞部堂諸大人，另賜照諒，將此事實，轉達天陛，特命該省督撫，將上海縣及烟臺地方犯越人七名，使之根究緝拏，押付出送，以爲正邦刑除亂窩之地。

再者，從前洋舶之漂到，救卹資送，自有敝邦成憲。邇來異船之出沒，蹤迹雖與漂船不同者，亦復一例優待，正所以仰體大朝懷綏遠人之德意矣。乃其侵肆憑陵之習，愈往愈甚，以至有今番犯毀先墓之變而極矣。自玆以往，釁怨已深，斷不當照前優容之意，君臣上下，已有講定，竝將事情具奏。本差官齎擎前去，槪陳衷私，不敢張皇，亦望諸大人備詳轉達，冀蒙恩諒。

再將亞里莽是否國號、地名，竝乞查考照覆。爲此合行移咨。

陳洋舶情形咨

爲洋舶情形轉滋事端，匪民潛結，尤甚叵測，謹具事實，咨移禮部，仍請據情代奏，乞垂聖鑑，剔除亂窩事。

同治七年三月十八日，有稱美國水師副將官費米日，駕火輪兵船，來泊于平安、黃海二道分界港中，求放還向年未斃四人。

此事寔出登州人于文泰、本國人金子平等構虛做誑，已經咨覆禮部。地方官等將此始末，明白開示，仍將金子平對彼嚴查做訛情節，處斬示警。

該副將費米日堅欲溯入內河，因港口防堵，遲留一月有餘。今雖回棹，其釋疑而去，尚未可知。又未知必欲溯入內河，其意何居。

嗣於四月十八日，有異船一艘，來泊公忠道洪州海面，洋人百數突入德山郡，搶掠軍器，走伽倻山，毀破臣本生祖父南延君墓。雖怕兵卒赶逐，便卽遁去，塋域封植，狼藉隕損。仍投嫚書一紙於永宗鎭，自稱亞里荐水師督。本國未曾聞天壤之間有所謂亞里荐者，復何讎怨之可論？而其狂悖兇悍，忽地來犯墳墓，臣之驚痛憤惋，何以盡訴？

查其嫚書文字，明知有本國匪類在彼船中，慫慂鄉導，灼然無疑。今其賊船雖被永宗鎭將剿擊敗退，向後防患，不容虛徐。竝將前後洋舶仔細事狀，具咨禮部，伏望聖慈俯垂憫念。

其美國兵船枉聽荒唐無實之言，空費頻複往來之弊，飭下總理衙門，作何辦理，明諭開釋，勿復紛紜。

其上海縣、烟臺口等地朝鮮匪民、叛國招寇之崔善一等七人，飭下各省督撫，緝拏解送，以正邦憲，以絕亂萌。不勝區區祈懇之至。

竊惟臣之國土僻在東藩，自先世以來，偏被列朝恩眷，隆寵異渥，視同內服。君臣百姓，相安於帲幪嫗濡之中，式至于今矣。

其有海外異國商民之漂到，救卹資送，自有成例，未嘗或忽於遇難遭險之殘命，政所以仰體天朝庇覆遐邇，懷綏無間之德也，亦念祖先仁民愛物之至意也。詎意殊俗難化，異類無狀，故尋事端，輒來窺覘者有之，本無讎怨而輒來構釁者有之，憑凌肆[4]惡，遂欲發人塚墓？從茲以往，不復可以人理待之。凡此事情不敢不舉實陳達，茲以差官齋奏，前赴天陛。

伏念憑仗寵靈，叨守藩服，不能嚴密防範，致令匪徒漏網，竟有此意外事變，罔非臣疏虞之失，而貽聖朝東顧之憂，反躬自咎，無以爲心。爲此謹具奏聞。

美國封函轉遞咨

爲咨覆事。

同治十年二月二十一日，承準貴部咨"主客司案呈'同治十年二月初二日，本部具奏轉遞朝鮮書函一摺，本日軍機處片交「奉旨『知道了』欽此，欽遵」到部，相應抄錄原奏，恭錄諭旨，竝抄錄總理各國事務衙門原奏暨美國封函一件，一併咨行，朝鮮國王查照可也'"等因。暨總理衙門奏本、本部原奏，竝爲抄錄，仍與美國使臣封函前來。

除將貴部咨及抄錄一一承領外，竊念書函轉遞寔出格外，特以事涉機關，慮或失誤，仰體字小之恩，有此權宜之舉，曲費周至，不勝感頌。

---

4 肆：底本에는 "肄". 문맥을 고려하여 수정.

查照美國使臣所投封函，專爲丙寅年間，該國商船二隻來到弊邦境內，一則遭風被救，一則人歿貨無，一救一害之如此相懸，莫曉其故，欲得根由。仍願他日該國商船，如或在境遭難，設法相救，和睦相待等語也。

弊邦，三面濱海。凡遇遭難來泊之別國客船，或助糧給需，候風歸去，或船破不完，旱路護送，以達皇京，轉歸本國，各隨其願，並無阻礙，莫非仰體我聖朝天地覆載，無物不遂之至仁盛德，而其爲藩邦之定規成憲，由來久矣。

且擧美國難民之拯救護送者，曾有咸豐五年、同治四年、同治五年。先後三次移咨俱在貴部，而事非久遠，則該國之人亦應見聞攸及者也。遠人之經涉風濤，出沒艱險，在所矜卹，安有殘害之理哉？

至若彼所云"在境被害，人歿貨無"者，必指丙寅秋間平壤河事也。伊時情形，纖悉具陳於同治五年八月二十二日移咨，今無容更述。又於同治七年三月二十五日咨覆內，更爲詳陳，而並附呈黃海道觀察使朴承輝曾所修置之答美國總兵文字，仍乞開諭美國使臣，俾釋疑解惑，勿復紛紜。又於同治七年三月，有美國水師副將官費米日，謂探此事，來投照會文字於平安、黃海各地方官處。該地方官等將丙寅秋間異船突入，傷害人民，拘辱官弁，激怒軍民，自取禍敗等事狀，明白回覆，開釋無餘。費米日既得回覆，便即歸去。竊謂從玆以往，該國之人洞悉本事，明辨曲直，更無疑怪來探之端矣。

今此美使封函，又稱"一救一害，莫曉其故"者何也？其稱"體卹商民水手，甚不欲別國任意欺侮凌虐"云者，此實四海萬國之所同然也。該國之不欲受人凌虐，本國之不欲受人凌虐，易地而思，實無異同。則於是乎平壤河船之自取滅沒，不待辨說而其故可曉矣。天下之人自有公論，上帝鬼神，可畏監臨。美國商船如不凌虐我人，朝鮮官民豈欲先加於人哉？

今來信函，既望和睦相待矣。絶海殊域，如欲好意相關，則仰體大朝柔遠之德意，接應以送，非無其道。而其云"商辦"、"交涉"，未知所欲商辦者何事、所欲交涉者何件乎？

凡在人臣，義無外交。其有遭難客船，慰卹護送，不但國有恒規，亦體聖朝深仁，則不待商辦而保無疑慮。其或不懷好意，來肆凌虐，則捍禦剿除，亦藩屏天朝之職分事爾。美國官弁只可檢制其民，勿令非理相干而已，交涉與否，更何足論乎？

從前別國不知朝鮮之風土物產，每以通商之說來纏屢矣，而本國之決不可行，客商之亦無所利，曾有同治五年咨陳者。

弊邦之海隅偏小，天下之共知也。民貧貨儉，金銀珠玉，元非土產，米粟布帛，未見其裕。一國之產不足以支一國之用，若復流通海外，耗竭域內，則蕞爾疆土必將岌岌而難保矣。況國俗儉陋，工手麤劣，未有一件貨物堪與別國交易？本國之決不可行如此，客商之亦無所利如彼，而每有通商之意，蓋由別國遠人之未諳未詳而然爾。

今此美使封函，雖未嘗發端，而既要官人商辦交涉，則無或爲此等事歟？　遭難客船之照例救護，　毋待更煩講確，餘外事件之別無商辦，不須徒費來往。

伏望貴部將此諸般情實，轉達天陛，特降明旨，開諭該國使臣，以爲破惑釋慮，各安無事，不勝幸甚。猥恃寵眷，瀝陳衷曲，彌增兢惶萬萬。

所有美使封函，元無要見回答等語，而藩邦侯度，不敢以轉遞答函，煩瀆部堂，幷乞鑑諒云云。

美國兵船滋擾咨

爲歷陳美國兵船滋擾情形事。

向因本年二月初二日，　貴部轉寄美國封函一件，已將事理之無待商辦，事勢之不可交涉，纖悉明白，縷述實情，懇轉達天陛，特降明旨，開諭美國使臣，各安無事等情，咨覆去訖。

竊念該國使臣或者業已發船，徑向敝境，不無是慮。故戒飭沿海官弁，儻有異國船隻來到海面，切勿先啓釁端，迅速報來。　果於本年四月十一日，　京畿觀察使朴永輔、江華鎭撫使鄭岐源等馳啓，　備富平都護府使李基祖呈稱"本月初三日，異國船五隻來自西南，矴住本府海面，投送文字，自稱美國欽差大臣曁水師提督，'爲商辦事件，求見大員，決無害意，勿得驚恐'"等語前來。

當卽飭下議政府，先遣三品官員，慰問涉海勞苦，略叩商辦事情。議政府狀啓差送官文報內，有"稱文案總辦杜德綏者，出而接應，便謂'該官員等品卑職微，不可與伊國公使相見'，麾拒不納，更不打話，只顧溯上港口云云"。

　　續接觀察使朴永輔、鎮撫使鄭岐源等馳啓"美船二帆者二隻，突入孫石項。係是內港要緊關防，異國載兵之船不由本國知會，肆意恣行，萬不可斂手坐視。隘口鎮戍將卒鳴砲阻擋，彼船隨卽退出，矴住富平海上"等因前來。

　　竊念見影而察形，執迹而論情，天下之事理，未有外於是者。今此美船之來，先之以封函，繼之以投文，動輒曰"和睦而來"，曰"莫生疑慮"，曰"決無害意"，曰"勿得驚恐"，滿口誇張皆此等說，而"以禮相待"，尤其所求者也。

　　彼以好來，我以好應；彼以禮來，我以禮接，卽人情之固然，而有國之通例也。和好爲名而曷爲載兵而來？禮接是求而何乃麾斥勞問？

　　彼之智慮已料關隘之必有防範，所以極口稱"莫生疑慮"、"決無害意"等語，寔出於緩我備禦，乘虛深入之詭計耳。如其不然，憑陵欺侮，視人國如無人之境，尤可見矣。和好者如是乎？禮交者如是乎？意在於啓釁，計專於劫盟，斯可知矣。

　　自其麾斥勞問，突入港口，舉國之情莫不憤惋。左海偏壤，縱愧疲弊，亦忝備藩屏、殿天子之邦者也。豈可使陪臣之爲其民具瞻者，奔走竭蹶於殊音異俗之來，傲慢衝撞之餘乎？彼所求大官接見，決意不許，而飭令沿海官弁，明白開諭，俾卽捲回。

嗣於四月二十四日，江華鎮撫使鄭岐源馳啓"美舶再入港口，襲陷廣城鎮。中軍魚在淵力戰殞身，士卒死亡甚多。賊兵屯聚草芝浦邊，該鎮將李公濂乘夜挵擊，彼遂退矴云云"等因。續接京畿觀察使朴永輔馳啓，備富平都護府使李基祖呈稱"彼兵之殘害城堡，焚燒劫掠，錐刀無遺。且偵得彼船，甚多我國人物，總是叛國奸徒鄉導而來者，不勝駭憤，投書詰責"等語。又據仁川都護府使具完植呈稱"有李蓮龜、李筠鶴本邪魁承薰之孫，出沒佇望於彼舶矴留之岸，現捉嚴訊，將入彼船，甘作鄉導等情節，輸服無餘"等語前來。亟令梟首警衆，嚴飭富平等官，與彼船勿敢再煩文字往復矣。

嗣於本年五月十四日，京畿觀察使朴永輔馳啓，備富平都護府使李基祖呈稱"前月二十七日，彼舶投送一封文字，要轉達朝廷。書中所陳，未知何語，而封面題字，殆類相抗，是豈本國臣子所敢遞上者乎？業已退斥，而彼猶斷斷不已，謂'將另行設法別路寄達'。故不得已再行文字，往復論辯，而彼所云'另行設法別路寄達'，未知是何等語也，理會不得。而本月初七日，彼船一隻向外駛去，十三日還復來泊。其去其來必有以也"等因。又於十六日，該觀察使啓馳"據該府使呈稱'美國矴留諸船，向本府投送一封文字，一齊擧矴，向外遠去'"等因前來。

查美國諸船之矴留敝境，首尾四十餘日。其與地方官弁往復爭詰，及臨去投留文字。今於歷陳事狀之日，不可不仰備貴部鑑諒。茲幷收取抄錄付呈，情僞形迹，庶可俯燭。

彼其外托和好，非無甘言婉辭，內懷危險，實多詭智譎

計。所以麾拒勞問，必欲大官之顚到相迎也，衝突關隘，便
謂防範之無如我何也。驕蹇也如彼，桀騖也如彼。況復藏
匿叛國之匪類，作爲入境之鄕導。夫如是而自稱和好，欲望
禮接，不待我之不信，而彼已早知其必不諧矣。

今其臨去投文，空肆咆勃，多發恐嚇。彼既不逞厥志，
自應有此慍恨。而誣辭興訕，以惑聽聞，使天下各國枉疑敝
邦之不能優待遠人，則其亦可羞之甚者也。

竊惟小邦逖矣東瀛之一撮土爾，　財賦兵甲無足比論，
而聲明文物尙能自立，　莫非聖朝庇覆之鴻恩，　而仰賴東漸
之聲敎也。其君子之所服習，洙泗洛閩之學術也；其小人
之[5]所資生，菽粟絲麻之本業也。以其貧儉致此淳厖，國家
社稷，賴以爲安。若復一朝眩耀以光怪之奇珍，浸淫以詭誕
之異說，奪志變俗，日就澆漓，殫財耗產，日益匱竭，則所
以爲民國計者，吁亦岌岌乎始哉。

今來美國公使之藉口商辦，　乃不過遭難商民之優卹拯
救，是則國有成規，無庸申托。而餘外包藏，必有其說，小
邦之憂深思遠，斷不可輕易聽納。藉使彼無陵侮之氣、殘
害之舉，而命官出見，相對商辦，必不得聽施他般事件，況
復行之以陵侮，加之以殘害者乎？

煩乞部堂大人將此事情，轉達天陛，特準春間咨覆實
情，明降諭旨，使彼國公使洞悉利害，明知兩無所益，釋慮

---

5 人之 : 底本에는 "之人". 《同文彙考 原編·洋舶情形·歷陳美國兵船滋擾情形咨》
에 근거하여 수정.

於商民拯救，斷念於他事交涉，更勿構釁滋擾，各安無事。萬萬不勝大願。

敝邦世守東藩，久蒙殊眷，視同內服，凡有疾痛，未有不曲軫恩諒，猶恐或傷，姈憬覆燾，天地莫量。今茲憂虞之孔棘，安得不大聲疾呼？而冒瀆至此，釆增兢惶之至。爲此合行移咨。

專差司譯院前僉正李應俊齎咨前去，請照驗轉奏施行。須至咨者。

允植謹按：我國僻在一隅，不聞外交之事。自丙寅美船遭難以後，美使屢懇商辦，務歸和好，舉國譁然皆以斥和爲高，廟議如此。先生雖主文柄，不能獨立己見。其文移往復，據理詳陳，宛轉其辭，不失國家體面而已。至如閉門却好，非先生之意也，不得已也。

其時余嘗侍坐先生，先生喟然歎曰："顧今宇內，情形日變，東西諸强立峙，與曩日春秋列國之時相同，會盟、征伐將不勝其紛紜矣。我國雖小，處東洋之紐樞，如鄭國之在晉、楚之間。內治、外交不失機宜，則猶可自保，不然則昧弱先亡，天之道也，又誰咎焉？吾聞美國在地球諸國中最號公平，善排難解紛，且富甲六洲，無啓疆之慾。彼雖無言，我當先事結交締固盟約，庶免孤立之患。乃反推而却之，豈謀國之道乎？"以此觀之，當日咨報文字，非先生之意也。

或曰："先生若審知利害若是明白，則何不力排衆

議，爲國家建此良策乎？"余曰："此未可易言也。方其
衆聾未破之時，先生雖極言竭論，無益於事，祇取戮辱。
子不見夫淸國李少荃之事乎？少荃，支那之偉人也。審
察天下大勢，力主和洋之議，鋒鏑叢集，至比秦檜誤國，
以其深結主知，故幸得無事。先生何恃而敢爲此乎？"

粤十年乙亥、丙子之間，又有斥絶日本書契之事，
國之安危迫在呼吸，舉世猶夢夢然皆以不受爲是。先
生雖不在政席，義不可泯默，以曲直、安危之形，屢屢
說明于當事之人，大聲疾呼，脣焦舌弊而不之止，猶不
見從。後乃迫而受之，僅免塗炭之禍。

夫日本，舊交也，同種、同文之國也。國書拒絶，
事體重大，隣比迫近，禍色立至，猶玩愒而持難如彼。
況在丙寅時，國人初見所未聞之洋人，萬目睢盱，疑雲
滿腹，此際若開口談親仁善隣之道，能免納寇賣國之
罪乎？

先生捐館後六年壬午，李少荃勸我先與美國締約，
繼而與各國修好，卽先生未伸之志也。古人云"世間能
者所見略同"，豈不信乎？

書啓

慶尙左道暗行御史書啓

臣於本年正月初四日，伏奉封書一度，聖旨若曰："以爾爲
嶺南左道暗行御史。民惟邦本，本固之道在長吏。長吏善，
民受其利；長吏不善，民受其害。以故民利、民害，國家安
危也。直指，予之耳目，豈可使不明不聰，以違階前之喩？
長吏治否，惟爾視聽，無阿好，無畏憚，黜陟幽明，以保我
赤子。嶺南左右道方設大賑，方伯守令悉心呴窮與否，一體
詳察以聞者。仍下事目冊子一卷、鍮尺二件、馬牌一坐。"

　臣雙擎九頓，悸恐震越。微服輕裝，奔馳上途，歷覽腹
裏州縣，次便遵海沿江，周帀環複三四千里。情僞、艱難亦
旣備嘗，憑恃寵靈，幸免顚仆，經閱寒暑，今纔復路。

　凡諸大小長吏文武職事之臧否得失，謹以採訪於道路，
查按於簿書者，據實論列，修啓以聞，畿湖地方沿路聞見，
旣承特敎，亦爲一體書啓。事目所在諸條件外，凡百利弊可
合登聞者，竝別單開錄以備裁處。

　臣伏見嶺南一路，酷被去歲旱歉，入境之初饑荒溢目。
幸賴朝家賑濟之惠，卒無溝壑顚連之民，春夏以來，雨暘適
時，四野均豐，百穀齊熟。大無之餘逢此康年，莫非我聖上

宵衣旰食、憫念元元之苦心至意，有以孚格天心，轉眚爲瑞，薄海蒼生，岼幪覆燾於化育之中而不識不知者也。

臣於所到之處，或稱京城客子，則父老士民之與臣相問者，願聞聖主恭儉仁愛之德、敬天勤民之政，無不感激欣忭，相顧動色，以爲："吾輩之疾苦憂患，吾君亦旣知之；吾輩之困瘁倒懸，吾君亦旣念之。拯諸塗炭之中，置諸衽席之上，必有其日，而太平之治，庶幾復睹於吾生矣。"

臣每默察群情，暗自感歎"斯民之愛戴彝性，無間遐邇有如是矣，而引領望治之心，又如彼其深且切也"。

仍伏念國家之視嶺南，猶中國之有齊、魯。關防之所屏翰，財賦之所淵藪，風俗之信美，人才之輩出，曾是諸路之最勝，而顧今三政俱病，百弊成痼，又可謂最甚於諸路。昔賢之遺風寢遠而習俗陷於卑汙，長吏之表率無方而私慾從而橫流，小大奔競無非貨利，前後沿襲總違經法。

當此之時，持斧衣繡之臣，固當勵澄清之志，振風霜之威，搏擊則豪強斂迹，誅鋤則姦猾屛息，彈劾而毋憚大吏，褒勸而不遺小善，抉摘幽隱，有冤者必伸，搜訪側微，有才者咸舉。凡所以快人心目大慰民情者，不在乎簿書之查櫛、錢穀之考核，而肅將威靈，宣布德意，雷動風行，震盪煒赫，使山陬海澨，咸知朝廷之攸尊、綱紀之攸在，此其職耳。

臣以無似，猥膺重寄，柔懦之質未能剛克，卒無以對揚明命之萬一，而往來之際，徒費時月，循例覆奏未免草率，孤負恩眷，不勝慙悚戰惶之至。

允植按：別單十六條大抵還弊居多，其他田結、漕運、郵傳、醴政諸弊，皆當時民生切骨之瘼。公之所論，條理密察，措畫咸宜，足以救一時之急，然一不見用。今則地方政策大變，向日捄弊之論，反不切於時宜。故竝姑删之，只錄忠、孝、烈褒啓及搜訪人才一條。

褒啓別單

一：臣於過大邱際，見城南田間有苔蝕短碑，卽故本道觀察使臣黃璿當英廟戊申之變，討賊紀功之迹也。

當此之時，賊徒糾結內外，竝發於湖、嶺，人心誼誤，朝野震驚。若使嶺南之賊踰嶺一步，則國家事誠急矣。黃璿之戮力王室，克平亂賊，其功不專在嶺外一路之全安而已。

今讀其碑，略以爲"黃璿先發安東、尙州兵，會于忠州，益調諸州兵，分十二寨，屯江嶺要害以遏麟佐之勢。檄星州牧使李普赫爲右防將，以討鼎佐。又令五路進兵以薄熊輔，又別遣精兵三百，合右防將卒，疾趨陝川，遂餓鼎佐。又令善山府使朴弼健趨知禮縣，又密遣高靈縣監兪彥哲，伏兵牛頭山西谷以逆擊熊輔。熊輔與希亮、崇健俱就擒，而嶺南賊悉平。仍有按獄之事，未及究竟而黃璿卒，嶺之民士爲之立祠於營之城南龜山下，名以愍忠。其明年有朝命，各道新立祠院毁撤之際，是祠亦廢焉。嶺之人士復卽其墟，築壇刻石以紀其績，而寓邦人之思"云矣。

昇平日久，民不知兵，倉卒變起，賊勢鴟張，連陷州郡，方有土崩之勢。璿坐鎭一路，指揮諸軍，關防之險夷、群情

之向背，隨機應變，動無遺策。踰月之間，兇醜授首，一境
晏如。其功存社稷惠被生民者，有如是矣，而其功甫施，其
身不幸。追惟往迹尙足可悲，嶺人所建之祠亦廢而不復，今
其遺烈無處可尋，百數十年之間，嶺之人士不復有知其事
者。豐功偉績，竟使埋沒而無傳焉，則是可謂晟世之缺典。

夫勤事捍患之皆得以祀之，三代之制也。今其勤事捍
患之迹，有不可掩者，而至於崇德、報功之典，猶有所憾
焉，恐無以垂示來世。

特令道臣爲之立祠腏食，仍宣恩額，則其於酬勳勞、
獎忠勤之盛典，固當使遐邇瞻聆，聳動欽仰，而亦可以興勸
一方。令廟堂稟**6**處。

一：臣於萊府按事之日，歷審忠烈祠，卽萬曆壬辰殉節諸臣
安享之所。而以東萊府使·贈贊成·謚忠烈宋象賢、釜山僉
使·贈贊成·謚忠壯鄭撥幷享，以多大僉使·贈兵曹參判尹興
信、梁山郡守·贈戶曹參判趙英圭配之，其時死難諸人，竝
皆從而享之。列聖朝崇報之典，至矣盡矣，於今日不宜更有
臚陳，而第於其間不能無所憾焉。

宋象賢之從容取義，鄭撥之以身殉國，俱蒙累加貤
贈、旌閭、錄用，錫以易名，宣以恩額，凡所以褒忠獎節
者，靡有闕典。尹興信、趙英圭二臣之殉忠大節，實與宋、
鄭二臣無所異同，而但其實迹未著於當時，闡發乃在於最

---

6 稟：底本에는 "稟".《瓛齋叢書·繡啓》에 근거하여 수정.

後，故華誥只止於亞卿，恩數不及於節惠。

以二臣死難事實而言之，則尹興信之始也力戰而却賊，終焉援絶而城陷，麾下盡散，壯氣彌厲，終日射賊，伏弢而隕。　著於故判書臣趙曦所考《懲毖錄》、《藩邦志》、《弔亡錄》等信迹及故東萊守姜必履所紀述。據此則尹興信之貞忠大節，彰明較著。

趙英圭之馳往見東萊府使宋象賢也，約與守城，而歸辭其母，托其子廷老奉母還鄉。馳還東萊，城圍已急。衝突入城，城陷，與象賢北望四拜曰："臣生不能討賊，死當效張巡爲厲鬼以殺賊。"　遂死之。　載於先正臣宋時烈所撰《忠烈碑》及故東萊守臣嚴璹所著《趙英圭遺事》。　據此則趙英圭之危忠卓節，炳朗今古。東萊不守，則梁山已是賊虜蹂躪之場，而全嶺且將不守。故所以同守東萊者，卽張巡之計在於遮截江淮而同守雎陽之義也。歷典八邑，清白著聲，天性至孝，孝感異物，雖拔身襪韋，而蓋其平日所守有確然者，臨危大節，非倉猝辦得。

蓋創攘之際，諸臣死難之事，或顯或晦，而尹興信則景廟朝始蒙旌贈之典，英廟壬辰，有本祠追享之命。趙英圭則顯宗朝始因先正臣宋浚吉陳稟，命旌門閭，肅宗朝又命贈官，後又因朝命追享本祠。　蓋此尹興信、趙英圭之抗義殉忠，初無優劣於宋、鄭二臣，而尹興信之提殘卒距强寇，旣不下於鄭撥，趙英圭之忠孝廉謹，又無愧於宋象賢。若使四臣立殣之事，竝顯於當日，則其報施於尹、趙二臣者，豈有不同於宋、鄭二忠之理也哉？且二臣俱本階堂上，而其褒贈不過只加一資，殊非優異之典。

特令銓曹加贈正卿，且錄用子孫，亦令太常賜以美諡，其在崇節義以扶綱、樹風聲以聳瞻聆之道，恐合事宜。令廟堂稟處。

一：壬辰倡義諸人褒尚之典，未及於當時者，列聖朝以來搜訪闡揚，靡不用極，而尚或有未蒙他人已施之典者。蓋或因顯晦有殊、子孫零殘之致也。

及臣按事之際，各人子孫之訴冤，列邑儒士之抱狀者多有之，而久遠之事，卒無以攄實，則固不敢遽爾登聞，而其中一人明有可據。

東萊金好義，翰林秀文之玄孫也。以膂力弓馬之才，選補訓鍊僉正。倭寇猝至，其父竺先入府城，講論兵事。及釜山陷，好義與其妻宋氏訣曰："丈夫生此王國，王國有難，當死於金革。況家親在陣中乎？"時有一子年二歲，復曰："吾以身報國，君以兒報吾，庶幾兩無憾焉。"遂奮身入城，在府使之左右，杖劍以勵士卒，射殺賊數十級。翌朝賊踰城突入，好義捍衛府使，以身當鋒，矢盡繼以瓦石，與府使宋象賢同死於靖遠樓。

甲辰，府使洪遵以聞，錄宣武勳三等。以《東萊府志》所載者，參以其家文迹，而純廟甲午，道臣以十分考證，一毫無疑，措辭啓聞，則眞的有據，更無可疑，而尚未蒙褒揚之典，宜其有齎鬱之情。

合有旌褒之舉，以爲酬忠勸後之地。令該曹稟處。

一：粵在宣廟壬辰，倭寇登陸之初，其前茅將沙也可見我民物衣冠，以爲“三代禮儀，盡在於此”，投書邊帥，以其精銳三千，卽日歸化，倒戈前導，屢立奇功。宣廟召見，賜姓名金忠善以獎之。忠善慕華之心、忠義之誠，蓋出於天性，而入本朝五十年之間，國家有急難，則輒效忠立功。其奇偉之迹，多見於野乘及諸家記述，而臣亦詳其概略。

今見大邱地山谷中，有所謂友鹿洞者，忠善之墓在焉而子孫居之。嶺南士民嘉其義而慕其功，爲立數間祠。

竊觀漢、唐以來，至于皇朝，而外夷之人投誠中國，往往有勳勩之可紀者，則酬之以崇顯之位，獎之以華美之爵，旣以興勸於當時，亦足激勸於來世，考諸史傳，班班可數。

今此忠善之前後樹立，如彼其奇偉，而屢蒙酬賞，只是資級。階至正憲，非不崇顯，而仍無名之可稱者。此實由於愼惜名器之重，而抑亦同歸於降俘之賤，終不免異類形迹之故耳。

第念夷而進於中國則中國之，《春秋》之法也。王者無外之政、有功必賞之典，恐不宜計較區別於其間。況忠善之歸身本朝，初非力絀而被俘也，又非塗窮而投降也，直以慕華之心，自發遷喬之志。

當狂賊射天之日，獨無一矢之加於我人，誓衆來附，已是奇事，而合謀義旅，密贊兵機，大破萊、蔚兩路之寇，追擊梁山、機張之間，一月之內，奏捷七八。癸巳之獻馘三百、丁酉之甌城大捷，皆是不世之奇功。而首尾八年之中，凡所以力剿窮寇，智料敵情，以佐成王師之膚功，其勳孔多。

火砲、鳥銃之傳法，敎習中外軍制，至今賴之。奮身斬賊，以贖金應瑞之死，自請防戍，以備西北邊之虞，慷慨有古名將之風。甲子逆适之變，始也拒斬其說客，終又翦除其驍將。南漢和議之成，擲釰痛哭而南歸。

蓋其忠義之正大、勳伐之優異，若在於本國之人，則其蒙聖朝褒美嘉獎之典，亦已久矣，必不寂寥泯沒以至于今。而今其遺裔屬孫，尙以羈旅自處，不得齒列於鄕里，往往見侵於軍保。

在今日，則閭里凡庸之類，稍有財穀捐納之事，尙得樞府之銜，榮贈華誥，照耀隣里。忠善固是外國人也，其視此輩何如也？在昔日，則緇徒之有勞於征倭者，亦嘗施以酬忠"表忠"之祠額。忠善固是外國人也，其視緇徒何如也？其在酬忠紀功之政，合有褒嘉之典。特令廟堂商確稟處。

一：安東魯林院故良人金德淳，幼有至性。其父盲廢不能出戶者十二年[7]，而德淳自四五歲，晝夜不離側，左右扶持，便溺之器，必手自奉持。

年甫八歲，其父疾劇，絕粒惟飲酒。嘗冒雨沽酒而歸，值溪漲，抱壺而泣，會有田間大筧漂下，橫溪如杠，遂得攀緣以渡，見者以爲神助。年十四五，爲人傭雇，以其飯歸供其父而自啜菜虀，以新衣歸衣其父而自着弊衣，乘暇採薪，以溫其父之室。

---

7 年：底本에는 없음.《瓛齋叢書·繡啓》에 근거하여 보충.

及父死而無殮葬之具，隣里感其誠孝，賻以布木，葬於近地。而身爲人傭，晝日無暇，夜輒往墓號哭，雨雪不廢，以終三年，柴毀幾至滅性。後雖稍致産業，而痛未逮養其父，食之涉於華美者，未嘗近已。

其母患浮腫，多年救療，竭其誠力，每買肉於城市，借手於善調味者，歸以供之。及母死，德淳年已六十，而其哀毀一如前喪。鄕黨欲爲之呈官請褒，德淳泣而止之。及其死而公議齊發，屢有儒狀於營邑。

蔚山故士人金宗驥，故孝子克一後裔也。早孤而事母孝，凡出告反面、晨昏溫清之節，皆不學而能。

母得暴疾，數歲症類癲癇，發必暈倒口噤。宗驥求醫問藥，竭力救療，每値疾劇，亟走醫家，而患街路紆曲，則或越人墻垣以行。夜輒稽首祝天，乞以身代。又築壇於鵄述嶺上神祠之傍，而夜夜敲氷澡浴，獨往泣禱。醫言花蛇可療是病，竟得而試之，母遂瘳。後又患吐痰殊劇，百方不效，適有袖山蔘而至者，宗驥欲傾家買之，袖蔘者感其孝，但售本直，試用之，應手而驗。嘗語其弟曰："人子事親，一日不謹，則爲終身恨，其可耶？"兄弟相與竭力致養，其母康寧。年至八十六而終，宗驥已老，而哀毀踰禮。鄕里感歎，欲齊告于官，宗驥力沮之。

其姊爲姜旻妻，夫死而殉，已蒙旌[8]褒，同氣之俱有孝

---

8 旌：底本에는 "旋".《瓛齋叢書·繡啓》에 근거하여 수정.

烈, 極爲嘉尙。 多士以其實迹屢呈營邑, 而前縣監李鍾祥爲
之立傳。

慶山故戶長安德器, 孝於親。 父嘗病疽, 血濃惡汁, 晝宵吮
之, 嘗糞眂苦。 及其殞絶, 剖裂左指[9], 以血垂喉, 幸延一月
之命。 父死, 葬于縣東十里, 晝則服役縣中, 不敢離次, 雖
寒雪風雨, 每鷄初鳴, 奔哭墓階, 而趁參朝仕, 以終三年。
　又母病委頓三年, 不解衣帶, 祝天嘗糞, 剖裂右指而垂
血, 又延五朔之命。
　恭於其兄, 衣而衣、 食而食, 無不與同, 亦不敢私其財
而有其身, 每事必告而後行。 微賤之人, 有此篤行, 實爲可
嘉。

安東故僉樞權昌植, 自幼能知事親, 一鄕稱以孝童。 及長,
母嬰奇疾, 沈綿三年, 未嘗離側, 齋沐祈天, 請以身代。 臨危
欲引刀斷指, 因父命而止。 愼終之節, 必求合禮。 後丁父憂,
年踰六十, 猶切孺子之慕, 哭拜於墓, 不以風雨寒暑而闕。
　事繼母如生母, 雖以大耋之年, 尙行小子之職。 友于異
母兩弟, 養育訓誨, 皆得成就, 析産之日, 沃土完器, 推以
與之。
　尤潛心於性理之書, 微辭奧旨, 講究探賾, 必欲踐履,
至老靡懈。 精於禮學, 鄕中士大夫相與質疑, 如有以進退爲

問，必引古聖賢出處。蓋其學識見孚於一鄉，曾有請褒之道啟。

大邱守南面四方山里良家李氏女子，年十二歲，父母有襁褓一男子，托女子看護而耘於野外。及暮而歸，屋廬失火盡燒，撥灰視之，女子以衣被之屬，掩裹嬰兒而死，嬰兒得無。里人憐之，爲刻片石於其塚曰"義姊"。臣於歷路，實所目擊，而爲之彷徨者久之。

　竊念孝義卓異之行，固皆出於天性之篤厚，而其在士族之家、成人之事，則亦多有得於見聞、師法者矣。至若庶氓編戶之中，童稚髫髦之歲而乃能有此者，其事奇特，比他尤別。倉猝烈焰之中，不念體膚之焦，而一片苦心，只在於保活此弟，試思其情，令人感歎而潸涕。既不能姊弟俱全，則拚命而全此男子，有若明於義理而審其輕重者。雖未必其智之出此，一段彝性之篤於天倫，夫豈有間於童稚成人之別乎？終不負父母之留托，以存此一塊血嗣，謂之孝女，亦非過矣。則旌褒之典，恐合於聖朝敦倫之政。

密陽故士人孫仁秀妻金氏，故大司諫就文後也。能解文字，涉經史。爲婦三歲，以孝順見稱。

　仁秀遘癘病歿，焚香祝天，乞以身代，竟至不救。殯殮之具，饋奠之需，手自整備，求合於禮。未幾而又遭祖舅喪，其舅姑澟然若不保，金氏左右寬譬，勸進饘鬻，賴以得全。

乃於其夫葬日呑藥，而先拜辭祖舅靈几，就舅姑泣訣曰：“豈不念上有舅姑，下有遺孤，亦可以無死？第養親則小郎在，保孤則乳媼在，下從之義，自矢久矣。”至臨絕之際，婉孌之音，不異於平昔。閱其篋笥，精製舅姑衣裳各數件，封識以貯。多士以其實迹，具狀齊籲，而臣於採訪之際，詳聞其實行。

大邱故士人<u>李翼祥</u>妻<u>崔氏</u>，其姑有奇疾，竭誠救護，疾就瀝乳取汁而灌口，裂指取血而下咽，得有時日之蘇，以孝婦稱於鄉。

其夫疾篤，時當冬月，每夜浴氷祝天，請以身代，如是者半年，而有子年十三，乃勸其夫，亟使兒取婦，而其夫竟不起。衣衾之具，手自整頓[10]，務遵禮制。

成服之夕，取雞膏勸進舅姑而寬譬曰：“二叔在焉，且有孤兒，願勿過情疚憾。”又謂其子曰：“汝父在時，汝幸娶婦，且新婦賢淑，足慰我心。”遂與新婦入私藏，凡米鹽器用之屬，一一指示，仍申申勉誡。

翌曉<u>崔氏</u>呼其子曰：“天欲曙，促具奠需。”其子驚起，不見其母，遑遽搜覓，<u>崔氏</u>着嫁時衣裳，縊殞於靈几之前。蓋其一死已決於醮子之計，從容取義，乃如是矣。

大丘守北面故閑良<u>鄭日東</u>妻<u>具氏</u>，孝養舅姑。婉容柔色，

---

10 頓：底本에는 “賴”. 《瓛齋叢書·繡啓》에 근거하여 수정.

終始靡懈，常如新婦初來之日。凡左右就養之節，未嘗有勞苦之色，隣里咸稱其孝順。

其夫嘗遘疾，四朔沈淹，回蘇無望。具氏每夜澡潔，拜禱北辰，願以身代。及至危砅，以刀斷指，流血注口，乃得蘇醒，更延三歲。及夫歿，哀毀幾至滅性，而爲保養遺孤，得以不死。啜饘三年，未嘗啓齒，終身食蔬寢苫以歿其身。

具氏之沒，已至數十年，而士林之齊聲揚扢，尚此不已。其地微而行高，尤所嘉尚。

安東故士人權迪孚妻李氏，早喪其夫，三從俱絕，歸家而托身於偏母。

隣有林國良，本關西流寓者也。一日國良之弟婦設餅食，强邀李氏，而國良突入房中。李氏疾聲大呼，卒免汚衊。再訴于官，國良及妖女幷就囚。李氏廢食屢日，一夕躬自炊飯，慰其老母，是夜家人釋慮就睡，李氏遂赴深淵以死。

所謂國良已施法典，而哀彼李氏之辦得一死，可謂見義分明，則其節烈之行，不可泯沒，而旌善之典，亦係懲惡之道。

安東鄉史權紋一妻金氏，其夫早嬰奇疾，盡賣嫁時衣服，竭力救護，祈天泣訴，乞以身代者八年，而竟不救，號擗窒塞，而殮襲之具，猶自裁縫。及至卒哭，潛欲自裁，爲人所覺而止。嘗謂其夫弟曰："夫子葬處，可以合窆否？"要與往觀，歸語小姑曰："人生會有死耳。我死當合窆，幸以此意，告于夫兄。”

　　一日父家有事，姊妹[11]皆會，金氏言笑自若。俄從樓中來呼其母曰：“我今死矣。”以一手執母手，一手承母乳曰：“子母將訣，且爲嬰兒狀。至今苟延，亦恨晚耳。已飲燒酒二鉢。如又不死，白刃在耳，願勿用醒酒之方。”因蒙被而臥，殞於俄忽之頃。其被服皆新瀚整束，不待更有斂襲。其烈節一境傳頌，無不嘖嘖。

眞寶貢生林曰貴妻申氏，乃寧海吏之子也。自能解語，已誦說三綱五倫名目。稍長，孝順於父母，父嘗有病，竭其誠孝，鄉隣稱美。

　　旣適人而爲其父母之無子，多歸在父家時，聞其夫病報而歸，病已不救，投身墮階，幾至隕絶。

　　旣葬往父家，遂絶粒食，手割壁上所題其手迹，納于懷。臨死之日，執其母臂，以其手自屈五指曰“此五倫”，屈三指曰“此三綱，三之中三從爲大”，以示殉夫之爲義，以不得終養父母，深自引罪而殞。其地卑微，其行卓異，尤所嘉歎。

眞寶故士人權養中妻李氏，年十九而寡，未及數旬，夫病厲，斷指注血，竟不得救，水漿不入口。

　　及至葬期，欲自裁，其舅曰：“吾所依賴爲命者，汝也。汝將死，則吾當先汝而死。”婦曰：“敢不從命以修子職？”自

11　妹：底本에는“姝”.《瞱齋叢書·繡啓》에 근거하여 수정.

是誠孝彌篤，日夜勞苦，代其姑井臼炊爨，舅出外暮歸，則出門以候，舅姑不食，則婦亦不食。

隣有妖巫名桂娥者，以言語飲食，致慇懃於李氏，或謂"福相甚好"，或謂"夢有吉兆"，蓋隱語以試之，欲移奪其志也。李氏大罵之，桂娥加之以誣讒之辭，欲脅制之。李氏曰："至今不死，爲終養舅姑，而以婦之故，妖女之誣讒，至及於舅，何忍生爲？"仍不食赴深淵以死。時當暑月，死之三十餘日，屍不敗。縣官白其事，桂娥繫獄而斃。其節烈之行，已極嗟歎，而誠孝純篤，根於天性。孝烈二行，俱爲卓異。

以上孝子四人、孝女一人、烈婦七人，合施褒嘉之典，下該曹稟處。

一：讀書抱才之士、武勇絶倫之人，另加搜訪事，係是事目中第一條件。竊伏念我聖朝治法政謨，惓惓以收用人才，爲最急先務，所以發遣御史之日，先以搜訪一事，加諸事目之首，臣不勝欽仰，思欲以對揚萬一。

而第臣見聞固陋，知識淺短，旣不足以鑑別人物，況又薄俗不醇，毀譽無常？且不可以傳聞爲據，則草野隱淪，非無其人，明時遺逸，或多其歎。

搜訪之道，最難得其實行實事之十分無疑者，則固不敢妄有論薦，而亦不敢全然廢閣，謹以耳目所逮者一二人附陳。

安東幼學柳衡鎭，　精究典籍，　博通今古，　專門爲《詩》、
《書》、經禮之學，　旁及於兵、農、律曆之流。持守則清苦
而刻厲，功夫則謹嚴而纖密，固窮守道，至老靡懈。觀其自
修之實，合乎需世之用。

大邱幼學崔孝述早廢學業，專治經學，無新奇特異之論，有
踐履篤實之行，況以事親之最孝，久爲多士之推服。
　　其曾祖故翊贊興遠居鄕條約，極有經綸，孝述嗣守先
業，遵行舊規，鄕民賴之，安土樂業。
　　曾以學篤承家，才兼濟物，登聞於道臣別薦，而尙未收
用，物情齎鬱。

大邱前僉使孫海振，最工策論，自是場屋秀才，傍通韜略，
遂作弓馬出身。經綸之浩汗，算數之精密，夙有蘊抱，曾莫
展施，薄試邑鎭。老歸田里，意氣不衰，每切慷慨之志，膂
力未愆，尙有罍鑠之容。不但武勇之超邁，且有智慮之忠
實，未得試用，誠爲可惜。

瓛齋集

卷八

書牘

潘南 朴珪壽 瓛卿 著

弟 瑄壽 溫卿 校正

門人 淸風 金允植 編輯

書牘

與溫卿【先生任扶安時】

成歡驛逢公州判官，寄一書，想卽照矣。離家旬日，邈若異域，若是乎西縣之勝於南土也。

間者起居何如？閫眷安穩？大嬌、小嬌漸皆平善？念念何時可弛？遠外思慮亦無所補，一以不挂心頭爲務，而亦不能頓然相忘，奈奈何何？

吾行中平安，十六到完山，十七宿金堤，十八上任。自公山以南，平野蒼茫，金堤、扶安之間，尤夷曠開豁，平遠山、澹沲水眞有江南風景。但數日來乖暑如在甑中，濃雲急雨苦不開霽。及入縣界，忽復天清日朗，得上官時不至霑濕，是亦緣定然耶？

念吾先祖謫居是邦，汾西祖疋馬單衣，百回往來，困頓窮阨發於吟嘯，一水一巒曾是遺躅，而今不可考求，愴焉傷心，感慨不已。未抵邑三里有大池，池多荷花，池畔有小山，村落隱映林樹間，意者當年居停，或在此間也。

苻官三日前，姑未視事，未諳凡百如何，大抵民物之凋殘 甚於龍岡。世所稱"好官"，吾方再見之，而竝皆若此，亦可異也。餘具另幅。不宣。

庚戌八月十九日，家兄桓卿書。

來時，伯嬌回泣作笑，真能強抑離懷，奇特奇特。以此
馬上念之，尤不能遣懷。次嬌吾於關河千里，一念係
着，不離跬步，全保到京，未見快痊，又此留置而來，
念念尤不能忘。

仍念爲兒孫輩慈愛區區，每發諸詩文，無如吾祖
文貞公之多。今吾於二百載後，佩紱此邦，追憶先祖在
謫時事，匹馬短衣百回往來，其詩曰："海畔孤城城上
岑，岑頭朽樹尚餘陰。金堤南畔初相望，家在扶風大澤
潯。"當日情景歷歷在眼，而世代遠矣，遺躅無考。未及
邑治三數里有大池，池中荷花已謝，風翻翠蓋，清香噴
人。池畔一帶柳樹掩映人家，依山村落，甚覺幽夐。村
名"新德"，或稱"申德"。竊意當日謫舍，未必在邑中偪
仄處，又不宜孤絕野外，則其城上岑、大澤潯之間，無
乃此地歟？撫念先故，感慨不已。

行到礪山，其日爲中秋，吾今再典邑矣，尚未得持
牲酒掃先隴，茅店曉月，轉輾不寐。未知伊日奠茶家廟
否？

全州在大野中，忽作幾疊屏山周遮得蘊藉，中平
而窪，窪處有城。風水雖佳，而絕無爽塏處，所見大不
及平壤矣。吾本不以平壤爲好江山，今遜於彼，則又可
知其無趣矣。

按使劫後相對，哽咽兩不能自抑。病氣傳聞或過

矣。

此邑亦飯稻羹魚，然不似金堤之全是平原，而所見極凋殘。邑治不滿三百戶，所謂城門，未知何爲而作也。入城尤荒涼，從腐蒿敗籬間，開一線路，轉曲而行，如入孟園洞，有似山家尋春之行，全無官道物色。路窮處有峻厓穹石，石上盤陀，可坐三四十人者兩層，石面如覆盂，不便着足。從其作級處循曲而行，忽見大書深刻曰"蓬萊洞天"，又曰"醉石"，皆外題也。誰當携酒去醉於官門外街路上者耶？臨石而有所謂鼓角樓，樓南向。其內爲內三門而東向，入門而泥庭如水田，庭甚窄而政堂壓之，堂新構而亦東向，不甚侈大，而新構故人稱爲居處之美。吾見則房室太狹，不及於龍岡，但穹崇則勝之耳。

按使今月廿八日發巡歷之行，要我同遊光州等處。吾今年正月以後至今行役，爲四千三百餘里矣，形神弊弊，殆不可堪，以此辭之，按使亦爲之悶然。然亦將觀勢行止，更當有往復耳。若往光州，則仍往羅州拜始祖墓耳。

政堂之東南榱桷相接有小亭，如北營射亭，頗有丹艧。堂之東北厓上有小亭，環以雜樹蒙籠，全無意思。所謂西林亭，似稍佳而在衙後一幀地，姑未往見耳。

汾西詩中，語屬扶風、邊山等諸作，忙未考見而來，可鬱。邊山有實相寺、來蘇寺、月明庵、開巖寺等處，皆於詩題見之。"實相寺會主倅韓興一云云"者，

似亦有之耳，須贍示好矣。或有可據於寓居時村名者
則甚快，而似無可考矣。

又

昨得邑吏私便廿五發書，審起居安好，闔眷平吉，喜幸甚矣。

吾亦一例安善，但滯症苦不夬祛。大便則堅實時多，而
每每肚中不寧。一日所食，只是朝夕飯，飯則過半喫之，豈
可謂不能啖耶？似是氣鬱而然也，不足慮耳。

《青林鍾歌》，筆勢高强，議論甚佳，儘是合作。念齋作
未免趁韻，君之作似不多讓。若此不已，不幾何而自闢門
戶，喜不可勝，樂不可勝。擊節一讀，恨無人道此意味也。

搬宅事，廿六便書，似於初五六得達，無或見吾書而罷
計歟。今見尊書及宅圖，更加商量耳。

大抵打頭屋裏老措大得一縣令，有些俸錢，姑覓僅可
容膝之宅子，先問饘鬻擔石之田地。更有贏餘，密付江上富
戶，爲幾年薪、米、醬、鹽之資。然後入而從宦，資歷稍
富，或得雄府，或至大藩，漸次添增。於是乎平生欽艷之路
南大宅，始乃得之。如是則大有條理，極其周密。吾非不欲
力行此法，而但怪做時不如說時。

今春若不買泥舍而得其半減之屋，則買屋之餘，果當
至今存否？所謂柴、鹽、醬、醋、饘鬻、擔石之資，明知
其吾所不能，則其爲不緊宂費一也。與其費諸竟無所補之

日用酬應，無寧眼前突兀見此屋，亦一快耳。可以爲大祝奉禮廳事，可以爲宰相旋馬廳事，可以樂兄弟庇妻孥。俯仰游息莫非吾君之賜耳，　又奚不可之有而多作計較商量爲哉？"我始來京師，只攜一束書，辛勤三十年，以有此屋廬"，此詩昌黎所以見譏於晦翁者也。　君今咨且慮以汰侈取譏，好笑好笑！

　桓卿本非高人，不免富貴之念每在胸中，更有一桓卿在旁，切切然規戒於出處之際則可矣。區區一屋子，又何足論其早晚緩急之序哉？　如是者，　直不過笑我之不謀饘饘，而徒事廣張而已。假令依舊桂山，而亦無所謂水田一區，豈不大致譏疑歟？　再典腴邑，亦無氷蘗聲，胡爲其迂闊冷澹也？　於是乎意慮所不曾到，形迹所未曾似之譏謗，從而附會之矣，又誰能一一辨之哉？　好笑好笑！

　旣有搬移之機，則不必因此咨且而失時矣，須卽圖之，好矣好矣。餘在另幅。

　此書到日當在十三四間。遙外情事，只自難言。不宣。
　庚戌至月初二日。

又

非無便使，家信絡屬，顧此歲暮殊方，步月看雲，益難爲懷。比日諸節，一例安好？梅花開到幾分？與汝大、畿止作會否？

吾年底百冗，兼之按獄，頓無清閑意味。竟日房室中，
或坐或起，無與接話。入夜，又不能即便就睡，強試步屧，
不過所謂內東軒，其眼界勝於正堂。一帶平巒，數株疏柳，
雪月晃朗，蕭瑟玄空，政好與會心飲酒樂之。但既無其人，
又不能飲酒，負手一望而還，無聊極矣。

全州判官欲謄弄吾家先稿，其請頗勤。因此廣添一本，
亦非不佳，未知君意如何？李友壽卿家本尚在否？其所落
卷，每請謄補，吾亦爲之留意而未及矣。今若以此本借完
判，而更借其所落之卷於申聖汝，充送於完判，仍求謄補則
無妨，未知如何？如不以不可，則須圖之不妨也。其家所藏
《東園雅集圖》方在我傍，前輩眉宇歷歷在眼，儘乎名畫也。

青陽間得書信，大抵平安耳。淵友頻見否？近業何如？

歲時不能有書，殊悵悶也。此侔回到，當在開初，只祝
新年家國太平。不宣。

庚戌十二月十七日，伯瓛書。

又

十六發書，廿二接見，起居清迪，家裏太平，喜甚喜甚。比
日諸節更何如？此間亦一例。日前作營底行，昨才歸來耳。
歲除無餘日，離懷尤難堪。遙祝新年家國太平。

此處極出地，較漢陽低二度許。然則南極老人，可以見
之。候望多時，濱海雲翳，苦無清朗之夕，及到大寒夜亥正

時分，乃得見焉。大如北斗中最大星，其色深黃微赤，無閃爍芒角，而朗然一顆，煌煌如也。去地未一丈，乍出旋沒。蓋地勢無邱山之阻，天氣無雲物之蔽，然後可得見之。此處出極雖低，而幸於午方無高山，故見之。雖此隣近諸邑，未必處處得見也。蓋云"漢挈絶頂，春分夜可見"，而吾今於扶安衙軒大寒夜見之，事堪誇張，然不宜向俗人道也。蓋吾弟及淵友、圭齋確信之，其外未必信之。徒增多口，勿與煩說可矣。

　　適有公幹，起送邑校於京兆，兹寄安信。不宣。惟冀太平太平。

　　庚戌臘月廿七，伯桓書。

又

初六書見之。邑發初二、初四書見否？日來起居何如？家裏安吉？愼節何如？今日能赴場屋否？懸念不置。此處姑一例，而徵賦支巡，日事擾擾。

　　春物方新，東風吹雨，官柳搖黃，村杏蒸紅，陂田繞郭，白水成江，登樓一望，宛然江南春色圖也。雖謂之湖南勝景也，而從未有稱道者，輒但道邊山何歟？回想家園物色，又不禁乘風歸去之思也。

　　寄示長句雄鷙騰踔，可謂行其所無事。結句使事尚或有未奇處，此道知之者鮮，奈何？輒恨人不能領會也。七言則體裁已具矣，益致力於五言爲佳耶。

　金士肯殿試，快哉！知舊數公繼此得之，則尤當愜願，天下事皆有其時，以是祝之耳。

　日間又當有便，此則上納便也，姑草草。不宣。

　辛亥三月十三日，伯矙書。

又

連得初二、旬一兩度書，備審起居安好，家裏均平，甚以爲喜。吾旬一到銀海寺之雲浮菴。菴在萬疊靑嶂裏，不見遠山一點，令人鬱不可堪。以此滯痞，今幸差勝。

　鄭顏復日間當來，蓋因病而然。其間則其子來留，安常權亦來。而山僧多韻釋，秋史之參寥而夏篆之遠公者有之，好不寥寂。諸客姑未來會，要當於日間齊到。

　治文書後始可進程他處，凡百勿爲過慮可也。適逢牛川奴寄此耳。餘不宣。

　甲寅二月廿五日。

又【嶺左繡衣時】

到密州寄一書矣，見之否？榴熱漸盛，諸節更安否？吾一例安好耳。

徐元藝，平生艷服之友也，胡爲乎一朝絶交？天下有是理耶？寂寥世界，開口說文字事者，有幾人哉？以此心焉忡忡，頭焉涔涔，寢不得，食不甘，繞壁彷徨，如此境界，一生拚當也。家人每每以客裏疾恙爲慮，殊不知此等苦狀耳。

又將往拜羅京先陵，轉向上路，天時漸暑，前路尚遠，搔首奈何？

南麥大登，秋雨稍遲，農情方渴。畿內何如？吾起居飲食，勿以爲慮也。不宣。

甲寅五月十五日。

又

在清道寄書照否？暵熱甚，不審間者起居平迪，家中大少均安？念不能弛。

《燈夕》鉅篇，口呿目瞠。喜結構氣力儘有扛鼎之勢，非爲文字事喜之，君其勿慮焉。

吾今到徐野伐，故國名都，儘壯觀也。浿城、崧陽，烏可比同耶？在中州帝王之邑，亦應不過如此耳。

到此翌朝，先拜祖陵。若非今行，未必到此地。盛備威儀，來展寢園，靜思骨肉，感念君恩，怵惕之情，自不能已也。前月廿一日書，適又來到，審家裏平安，可幸。

密城以後，想又多少喧騰，今又做一番矣，又豈不大致唇舌耶？蓋都是近來所無之事也。必謂我狂矣，將奈何？
此處則不俵之災結爲五百結，繼而查出，又將不下四百，豈
非可驚者乎？大抵此等事，皆認以當然宜然，莫知爲大段
法外，吾安得不舉其大者？又安得不大駭於今人之見耶？
適有達便，聊作此送寄。不宣。

甲寅六月初三日。【允植謹按：徐公承輔，字元藝，與先生爲文
字道義之交。徐公大人有畣氏，時任密陽有贓，先生以繡衣，舉劾不少
貸。時人謗先生以薄於故舊，亦不顧也。然猶以與良友見絕，歎傷不已。
先生之弟溫齋公爲嶺南御史，劾罷經臺之從兄金曾鉉氏，經臺亦先生兄
弟之至交也，可見先生家法不以私好廢公義也。】

又

密城以後連寄三書見否？卽得五月廿七書，審知起居無損，
家裏姑安，甚幸。

吾自月城轉向上路，方滯雨玉山書院。旱餘甘霈，爲民
萬幸。且聞洛下連得喜雨，甚以爲賀。艱食想甚，遙念無益。

玉山名勝，慣聞久矣。石臺平鋪，清流瀠漣，茂林脩
竹，眞是不讓於畫裏所見蘭亭一曲。溪亭林堂，先賢遺躅宛
然。此地不經倭燹，故手澤書帙皆無恙。書院規模整肅，仰
止高風，追感先故，徘徊久之，值日暮，留宿院中。久旱餘
大雨夜注，萬瀑爭流，又是山靈之助不偶然，豈余不爲賢人
所棄歟？

逢諸李，皆不能覿吾爲何人，亦無妨於淸寂之趣耳。對面盛說御史出道東京時事，好笑好笑！

適逢大邱便，聊此寄信。不宣。

甲寅六月十二日。

又【以熱河副使入燕時】

別無可聞之語，而旣有流星馬便，不得不寄字。不審日來起居珍重，兒曹平安。

吾今日自順安抵肅川，明當到安州，登百祥樓，懷北海公也。

春風甚厲，須申囑內間愼竈堗如何？吾懘症日漸蘇健，亦可異也。

沿道見流民，抱孺負簏而行者甚多。每於車中暗自摧潪，奈何奈何？恩恩不宣。

辛酉二月二日。

又

日來起居珍重？家裏平安？灣撥去頻來稀，所見君書不過三度，殊可鬱也。渡江後程記姑未出，出當送去一本耳。

吾昨到安陵，先上百祥樓，撫趙公記迹碑。西來千里，兀兀無與語，峴首片石攪人熱腸而已。招問當日吏校遺孫，皆不可尋。邑人與行中人，都不省此爲何等意思。敍說一遍，又莫知其趣，奈何？查對後啓便，略此不宣。

辛酉二月四日。

又

初八書見之。六日、九日所寄，次第照否？

塞上春雪深尺，眺望奇絕。昨登統軍亭，眼界壯觀，有非練光、百祥所敢比論，已覺望洋也。名家詩扁亦殊不多，而"義州國門戶，自古重關防。長城何年起，屈曲隨山岡。浩浩鞨羈水，西來限封疆。我行已千里，到此仍彷徨。明朝過江去，鶴野天茫茫"，圃隱先生題也。到處題詠，每見此老詩篇，方可謂"言有物"耳。

一行每於義州，重理行裝，不得不留滯，而燥鬱不堪，直欲卽日過江，而勢無奈何矣。主人娛客，薄有竹肉之設，眞乃不入耳之觀也。

數日來噉飯稍勝，前路可無他慮，勞撼中攝養，亦有妙理，方漸得其道，好笑好笑！

行中人人得其家書，盛言京裏騷訛，而君則一不之及，爲吾遠費憂慮故歟？又可笑也。

窓下芭蕉，清明時節，須先脫去藁，窠護作小欄如何？兒子往外家云，須令往來，勿使闕課好矣。吾十八當渡江，

渡江時當寄書耳。此便書，則可見答於柵門留站耳。張福
之孫一人搜得，方將率去可喜也。不宣。

辛酉二月十四日。

又【壬戌晉州按覈使時】

東明院遇經臺寄書，似未及達矣。比日春物漸妍，洛裏亦然
否？不審起居珍護，兒曹同安。金室想此際發送，可念三日
不息火，古之人卽不過吾輩耳。

初十到達城。晉陽消息，雖或有過於洛中所聞者，道途
未的，皆無足動心。想科時嶺士坌集，不無騷擾大起之慮，
寄語同志諸公，勿爲此等語驚動。但嶺外事無往非晉陽，未
知備置幾輩按覈使，逐處接應，是謀非吾所能及，太息流涕。
只爲祖宗列聖辛勤鞠養之赤子而發，此將奈何？

取考壬子李魯叟按事時文簿，伊時事鎭查營查，完了
已熟，而按覈之行，卽不過終條理事，然猶費月餘光陰。今
吾行尙未捉得犯人，而疾驅先到，凡百如捕風，未知出場遲
速，是所大悶。

此處舊日部曲，次第皆集，聞物情頗恃吾爲安。且或
曰：「此公之來，非晉陽一事，更兼道內各樣撟拔。」方延頸
翹足云，其情可哀，而又不覺自笑也。

南土早熱，持來衣服，甚不適宜，旣無自家中專送之
道，此又可悶。李洵基之族有居營幕者，憑便傳書，可能信

實。如干衣件，寄李生，則可順便傳來，諒爲之如何？

卓然尚無消息，可鬱。

吾十五日當自此向晉，兵使十六當到任云，牧使尚未聞行止耳。恩恩姑此不宣。

壬戌三月十二日。

又

日前書照否？花柳方新，不審起居增珍。初五所出書，昨纔得見欣慰。

李氏子頗眞的無慮，則甚幸。然惟待吾還可也。

吾留達城四日，晉牧似已上任而姑未聞之，兵使今日當到任云。故吾則今日發程，計十八當到晉耳。晉陽事漸有所聞，當初光景雖甚駭惡，其實無他慮，遠處騷訛，切勿動心。此意須遍及於知舊中好矣。

所示琴泉語可念。爲此身憧憧無所不至，感歎何極？吾方以柔道治之，儻京校來集，則亦恐打草驚蛇，其計不行，還爲無妨耳。此書亦呈琴泉一覽爲好也。

燕友書信不久當到，而姑無由得見，可悵。須善收置待還如何？擾姑不宣。

壬戌三月十五日。

吳中先賢像、《尙友記》此兩種，借於梣丈携歸，未開

一葉而置諸夾房架上，須勿煩人如何？此爲秋史物，
樗丈甚難借人耳。中州諸友書來時，須勿煩人，一一收
藏如何？最易閪失，雖略解之者，亦不緊不緊。

又

書信之阻，甚於異域。精神都注於公幹，家鄕離索，不暇理
會。

一夕李貞甲來到，得尊書及口詳，欣豁可勝言耶？不
審伊後起居安吉，家眷平寧，視前一例耶？

吾心忙事緩，曠費時日，凡事遲鈍，無到手爽快之術，
悶悚不可言。撫摩中行鉤覈，事勢不得不然，而遲鈍之疑，
想已有誚之者，亦復奈何？

從前按覈，皆在營邑行查功夫已熟之後，奉命莅之，以
重事體，故其案易勘。今行則猝然來坐於一吒都散之後，鎭
將之所捉待者，不過憑其告訐，取其貌類若干人，而逐影捕
風，旣沒把捉，分別首從初不明的，所以遲鈍。居然辭陛
後，過時閱月，尙未結局，此心悚悶，且不暇言，朝廷企佇，
爲當如何？以是坐不安席，而亦無奈何矣。

右道諸邑無處不動，咸陽、丹城、居昌、星州、昌原
等處，皆已蠢動一場。特不至犯分殺人，只是毀吏民家，群
愳巡營去，又或來訴於按覈使。其列錄條目，無非切骨可冤
者，而其實則亦多不通之論、村氣叫呶之說，令人悶塞也。

卽聞益山之變，較諸晉事，尤是可驚，彼處又當遣按覈使。此行之一時竝擧，此何爻象？凡所以致此者，民耶？吏耶？憤懣之極，痛哭流涕，非過擧也。

書生私憂過計，何曾不及於此乎？到今尙以爲杞國云耶？輒曰"大懲創"，吾未知何法爲懲創，而又未知懲創之後將以何術爲大悅服。有講究及此者云耶？浩歎浩歎！內訌如此，外虞可畏，其將奈何？其將奈何？

又

啓便回承書，備悉近節欣豁。昨兵營節扇便，想與此同抵。雖然聞便安，可無書耶？日來起居更珍，家裏太平？吾與昨一樣，公事未了，日以悶悚。

此處諸邑蠢動，且聞湖南不靖。吾所悶者，洛裏騷動也。民生困瘁亦極矣，安得無此事否？未知廟籌將何如。

燕中友人書信，必無賊奪之慮。旣無貨物之伴之，而萬里之外，知己精神所注者也，衰世此事，那得無神鬼呵護？吾以是不以爲慮耳。玄僉正想已來傳，須善收藏如何？聞有兵營便，略此不宣。

壬戌四月十一日。

按事稍稍有端緒，而終未爽快，更費數日心力，始可得其情。伊後更費修啓幾日，且有查逋、勘逋方略之啓，一時竝修，則又費幾日。洛中則只以咄嗟立辦責之，此爲可苦，亦復奈何？

又

數日來清和，始見麥涼天氣。洛裏何如？起居一安，渾舍無恙？初五啓回便書，見之欣甚。

南民到處不靖，日以憂虞。想京中騷訛日興，安得不然耶？然切勿動心。此一番氣數然也，若謂吉凶之先見者則可矣，而謂卽此是亂萌則不然耳。卽今有大政令，可悅服群情，則妥帖不難，而不審所聞何如。

吾姑依前狀。按事今始端緒畢露，修正文書，講究方略，又將費幾日，姑未知此月內能封啓，日以燥悶，眞難堪也。

下隸三漢，苦苦相隨，旣無用而久滯不緊，玆送還。因便暫草，不宣。

壬戌四月十七日。

兵營便書，想見之矣。此處事其緊犯者，初意已盡逃去，十難捉一矣，乃不然。別無發差未捉者，隨手拏致。蓋當初撫摩緩治之故，民不驚恐而然也。然而姑無大快悅服之政，而只以擒捕無失爲喜，有若罔民，是爲歉愧，奈何？誅之不可勝誅，只當罪其倡起者，此非擔薪挑柴者之類。自有聲勢壓一鄉，指揮惟意之人，而都是緘口不出。明明燭奸久矣，而其柰不出於囚供何哉？雖甚痛惡，而又不可酷刑鍛鍊，撫摩中行鉤羅，所以遲得幾箇日，然後自然發露耳。"獄老生奸"，人所恒言，而今見其生奸，不妨爲將計就計，蓋事無定局如此耳。

今所慮者開寧事比晉尤酷，監司既啓聞矣。此事又爲我擔着，則歸期之漸遲，勞碌之更多，眞難堪，此將柰何？如蔚山、軍威等處皆有事，或輕或重。大抵皆動者，已爲十二三邑，此何爻象耶？最所慮者，慶州也。本是民生最困之邑，而其宰之無恥無嚴，民不聊生最於一路。如此而無變，則反是變怪也。此若動，則其事必有大於晉者，此爲憂慮耳。

中原朋友書信，能無失而來致否？杭州失陷，容伯家最慘，則仲復亦杭省人也，能無恙云耶？玄生之姑不來，似未及到京而然耶？如有所聞須示之。

又

修書欲明朝發送，得初八專足書甚欣慰。家中都太平，張燈爲娛，年年客裏過，可悵也。金室安過云，尤幸。

書中語眞不滿一笑，此事從古如此，君乃不能談笑處之，有此委寄，是爲可恨！吾雖庸下，豈爲此等語所勸哉？

惟斟量事理，爲民國盡其分而已，餘不須論也。原書已悉，此不煩複。姑不宣。

壬戌四月十七日。

前牧若尙在職次，則早已論罷矣。旣以不能鎭安，廟啓黜之，今若以此更責，則架疊無意。又無狼藉贓案如兵使。吾雖不能保其將來，而實無可摘於旣往，則何必遽論於此啓耶？

其可論者，在都結、結斂等事，此又非此人之刱犯也。然於查逋之案，將不得不張皇論之。今若先及於兵使之下，則非其類也。今者激變，兵使也，非牧使也。事有緩急之異、先後之序，遠外措處，誰能料度乃爾耶？誠不足辨矣。其人之得此聲於梁、楚久矣，幾乎堦軻。其得洪川，憲廟特恩也，以此感激，思欲湔洗，吾所知之深者也。其在湖隣邑，果無他事，以是故心竊異之。今雖無可苛摘，而其於查逋一事，誠有不得免者。異日對渠言之，渠亦不怨我矣。若人之爲言異乎吾之所欲言者，何其多明眼人耶？

今之君子恒言“綱紀不立”。夫綱紀者，天下之至虛軟脆弱之物也。不能自立，必須充養扶植，然後僅能立焉。禮義廉恥以充養之，忠厚恩信以扶植之，賞罰好惡以策勵之，然後僅能起立而行幾百步。猶恐其一有失焉，而欹危蹎躓之患，俄頃至矣。今盡去其充養扶植之物，而惟以不立責之於紀綱，紀綱而有口，不亦曰“嗚呼冤哉"? 此吾列聖祖宗辛勤鞠養之赤子也。今也既不能衣食之，又不能敎誨之，遂至不識禮度，發怒於尊長。其罪當笞，而爲之惻然，不能不然矣。乃曰"屠戮"云乎? 其亦"不仁而不智"者已矣。今全道皆動，隣省亦動，此何故也? 欲以"屠戮"二字磨勘之，則其亦難矣。"一言喪邦"，此之謂乎。寒心寒心! 奈何奈何?

凡吾之所爲，其遲速、詳略、寬急、剛柔之槩，君則知之，朋友中亦應有知之者。其他呫呫皆不足經心。甲寅一年之囂謗，未曾經耶? 爲吾所當爲，勿負祖宗上天而已，他不須論也。燭下眼澁不成字，可欠。

又

昨送三隸鈍步，能先此抵達否? 日來起居更珍，渾室同安? 吾依昨安遣。

按事看看垂畢，而書役姑未始之。其事浩大，多費精神，尤以稽遲爲悶耳。

中原朋友書信到否? 雖極紛忙際，不禁一段悵想。蓋去年此時，無日不樂事得意，今乃晝夜煩惱，憂虞溢目，安得不觸境興懷耶? 此處公事既畢之後，恐有轉按他處之命，方以此悚悶。

大抵無邑不動，往往有强尋事端，只好作鬧處，有不可一例以不堪疾苦斷之者，誠可痛矣。

湖南、湖西皆日聞可駭事，或多傳聞之爽，而槪南民同此不靖，此何故也？念之繞壁不寐，將奈何？專伻告去，略謝不宣。

壬戌四月二十一日。

游談之士悠悠之論，元無足嬰懷，愼勿動心如何？韓奴之來，人皆怪之耳，愚兄閱事亦多矣，勿以爲慮也。

前兵使論啓，是不可已之事也。所謂按覈，豈但覈民犯者耶？凡此局之有此變，一切可按而可覈，隨其罪過而斷之而已。先後輕重，皆隨其事理，豈容一毫安排耶？遙揣毀譽而欲取其便，則平日何不仰人唇吻善伺顔色耶？好笑好笑！

白樂莘平生無恩怨，不識面目。今聞處分極嚴，重事體當然。而在私心則大不幸，終日爲之不樂。然是私意也，何敢何敢？

又

兵營便及宣撫便兩書，次第見之。伊後多日，更問起居渾室均安。吾一樣。

今纔修上晉州覈啓，明將轉往大邱，按問開寧事耳。開縣殘邑，經變零星，吏卒存者無幾，其他事勢萬無成樣。按事之道在前列邑，覈事多行於大邱之例，以此措語修啓，而聞者必以爲懷怯復如前日。然何卹焉？惟以句當無虞爲義耳。

　　所謂乃祖乃父等語，此亦先生不知何許人之類也。吾當責其亂類之父兄長老，何必責其讀書君子之乃祖乃父耶？此則不干我事。爲此說者，欲取其厚責以獻於乃祖乃父，不亦異哉？其關文似未曾送示於君，故玆令膽送耳。

　　君書蓋揣得其興訕之意，若不見關草而能揣之，則眞乃明足以察秋毫者耳。獄案上去，舉世庶可覺得，而亦未知果如何也。大抵太支離，其事之難於神速乃如此，吾亦不料者耳。不宣。

　　壬戌五月十日。

又

　　霙啓便仍留啓便，想次第入去。昨夕得初九答書欣甚，而棄官閑居，始乃賢弟本色，爽快無勝於此者。適兵使、本官持酒來，爲道此事，引滿一太白矣。金君保卿聞其親癠上去，客裏去留，尤難爲情。

　　日來起居諸節更勝？綠陰黃鳥，書史娛情可矣，爲乃哥悠悠浮謗，煩惱失睡可乎？何不以棄官法，遣諸胸中耶？

　　吾少得休息，他不足慮也。伊間家裏何以調過？長日如年，凡百可想。幸爲尊嫂道此間無他擾，無他慮，以寬慰之如何？

　　開寧事早已有探得情狀，好費精力，卽封致尹幼常，似

可有助, 而終是放心不下。想樗丈憂戀萬段, 奈何? 不如得
春川可奉老人安穩, 而其得安東, 必經臺事耳, 何必爾耶?

聞致沃令得慶州, 推榮而止耶? 將赴任耶? 其爲弊局,
不可輕易擔着。前尹不但饕餮於慶也, 至奪倭人鉅萬之財。
此事必生邊釁, 不知朝廷將何以處之。 此皆應時生者, 奈
何? 不宣。

壬戌五月十五日。

沈仲復易州之行, 必亦吾今者之行也, 大略相同, 亦時
運耳。霞擧楹聯, 情眞語切, 諷詠不厭也。

晉州查逋爲四萬餘石, 致逋之因都是無倫脊之事
也。以法繩之, 一齊脫落, 只餘一萬三千餘包。本邑有
不正名色之稱"官況"者, 歲入四五千金, 足可十年, 排
充此數, 故直登諸啓中。今日晉陽無一斗半升之逋, 事
之淸快無如此者。但近日委巷賤流, 皆足以牽制廟堂,
若夫形格勢禁, 沮敗此事, 則是乃非吾所知也。惟盡吾
所當爲而已, 至若取怨於前牧使、舊邸吏, 又何足云
耶? 勘逋草覽, 可悉也。

所謂舊邸吏梁在洙、白命圭、李昌植, 此皆何等
人也? 參査諸守令, 皆搖頭吐舌, 紙上姓名, 亦不敢正
眼看, 其眞可畏哉。此漢等若不得竿首快衆, 則南方之
擾, 非可以言語服之, 奈何?

丹城有金櫶者, 亦此邑之李命允也。驅逐前官林昺默,

渠亦遇打於邑吏，其子前正言金麟變，亦父子同惡。新
縣監李源鼎新延吏卒，　都是金櫨之所募送驛屬、巫夫
之假充者也。　邑屬則早被金櫨之驅逐，莫敢出頭。新
官到邑後，櫨輩禁其官供，買進店饌，孤坐政堂，莫敢
搖手動足。試笞一使令，則櫨輩齊奮面責縣監曰：“鄉
員所差之使令，焉敢笞之乎？”監司定查官，欲查其縣
逋案及吏民鬩鬧之事，則又禁不得行查。　其禁之之術
奈何？　大抵無一吏承令舉行者，早已以出頭則打殺之
說，嚇散久矣。丹距晉五十里，聽聞駭惡。櫨輩來訴以
遇打之事，正名分等說，揚揚不已。第順渠說以查實捉
報爲題矣，仍不到付於該官。蓋精神不在於雪辱，只是
聲張於按使而已也。

　　坐此既久，不堪駭惡之外，彼邑事勢，誠不可問。
故日昨送校，捉來金櫨，則櫨也裂燒捉闞，揚臂大詬，
而所送之校只捉其羽翼諸漢而歸。　搜致渠輩所謂文書
者，則乃排結解錢，逐斂數千金，以歸於鄉會酒食之
簿，而儼然是大同田稅之出秩也。新官欲慰民心，蠲減
衙祿近千金，而發令民間，則亦匿而不行，其計欲竊取
喫之也。　此等豈爲民說弊者耶？　如此奇怪痛惋之事，
便是景來之鉛錢也。極欲啓請處分，而有道臣在，吾之
發作，有好尋事端之嫌，姑且存商。此等皆稱乃祖乃父
逢辱云者耳。殿庭親臨，懸揭表題，群起作鬧者，何地
人也？　逢而問之，則天然作色曰：“嶺儒不曾有此，此
是他人耳。”　此事不曾目見乎？　吾發關中舉責今番鬧

場，此爲極緊之語。舉世皆曰“此語不緊”，善爲緊語
者，吾皆見之耳。

又

去月廿七見李成雲專書。翌日前發，歷拜華陽先墓，踰秋風
嶺。今日中火於懷德地，逢初一出書欣甚，又見龍也書尤喜。

　　始於陝川路，見心閤書，語不分明，而大槩竝擬七囚於
極處，驚駭大不樂。如此則刑政之大失也。及到秋風嶺，鄭
圭復諸人從營下來，其亦未及謄來回下關文，而詳傳蒙刊
削，又傳七囚上裁特從覈使之啓。伊時快豁感祝，如何爲
喩？吾雖革職，非罪，伊榮也。

　　嶺宦之又發，豈非不識羞恥者乎？胡爲乎引悖類之父
兄，而謂之“士林先輩”乎？吾旣蒙刊削，而又此矻矻，則似
必有加於此之處分，諸議謂當何如耶？

　　吾於晉事，以遲滯之故，得刑政平反，人心晏然。廟堂
之欲多行誅殺，而特施曲從覆啓，此又嶺人之大悅服者也，
可謂事事得如意也。而甚麼嶺宦做此無理之鬧耶？心閤所
云“亦一變怪”者，果評之當矣。

　　初欲往牛川留幾日矣，今得此報，必有怪事也，當直向
水原路，渡銅雀津爲計，而所住處姑無向方，可悶耳。

　　廿五疏發，則批答何不示之耶？若有行遣之命，則尤
不宜遲滯路中。君之事每疏漏，可嘆也。若無他事，則進住

於安巖洞似便近。不然則蓉山有誰某之亭子，吾所未詳，行且謀之爲計耳。狎鷗是圭齋之物，欲向之，而但患隔江無事力之人，難於暫留，故不能斷向。試叩諸圭無妨耶。終嫌路遠孤寄爲不穩耳，安巖似最便好耳。

君所云"迎見商定"者何事耶？不必遠來，只於銅雀江干見之好耳，不必渡江遠役耳。

吾行別無苟艱，借晉牧官馬，陝川城主助盤費，好好上來耳。李成雲先送，店中胡草，不宣。

壬戌六月初五日。

又【任西伯時】

方與回還書狀金石菱學士，坐多景樓，望夕陽一抹遙山，甚思小李將軍金碧筆，仍話燕中舊遊，意甚樂也。一封書到，得悉令履安吉，喜不可道。

朴傔允植之書見之耳。其不往善山，善思之者也。此傔改名允德爲好。蓋嫌於淵齋親諱，且洵卿名字正同，皆可改之端也。此紙示之也。

又

十五出書昨午見之，備悉令履連安家裏穩平。金室釋慮，甚幸。金壻亦出斑淸快耶？今番疹症，想無人不經，而所識親戚友朋，無非窮寒貧乏，醫藥維艱者也，安得不來相告急耶？忍勞耐煩，安心酬應，亦有可觀。是乃道理當然者，想不泛忽耳。

又【溫齋公爲嶺繡時，先生按節關西。】

溫卿賢弟繡覽。

　　默料近日與景允、卓然相逢，此刻想已在忠州等道中，然否？火傘當天，濁流漲地，跋涉之勞，何時可忘？能稍稍覺行止在我，浩浩有不羈之快否？惟是爲此行興味，好笑好笑！

　　吾安過，家信亦得安善耳。龍仁、萬儀三度書，二十四日見之，備悉多少。而夾紙尙有懊悵意，且慮我過用憂念，何乃爾耶？兄弟老白首，對牀相守，亦人生至歡。然自非黃葉林間深村閉戶者，鮮有是焉。朝廷之上，以有事爲榮，所薄試者在是焉，所報效者在是焉。今此行雖勞苦百般，其任之重，顧何如也？百有十三州郡，吾東輿圖三之一也。兄弟乃分按其事，雖未敢質言於辦理之能否，而粗效其分所當爲者，乃在於是。

　　追憶藂桂漏屋，徒抱書卷，若將終老時，何如也？吾非慕功名之士也，然而以是爲榮，不以是爲苦，惟恐兄弟之不堪句當公事。若分離之悵，果然不以嬰懷，吾弟亦宜如是也。原隰行邁，遙相懸念，步月看雲，正苦離索，此中亦還有旖旎喻不得之佳境耳。顧吾兄弟快拋此一端思慮，置諸雲外也。

又

阻信頗久，正自難堪，得至月十七書欣甚。道路勞攘幸無大損，莫非王靈也，何慮之有？即今又未知何處棲息？此歲將改矣，千里分張老矣，不能不嬰懷耳。營中大小依安，可謂穩過，勿慮也。

所示文判、公移皆合作也，甚好好！可見做繡衣漸熟。此為不可無之閱歷，所謂“民之情偽盡知之，險阻艱難備嘗之”者也。其為受用甚大，恨不於年差少時為此行耳。

不推治小民，不還徵奸吏，此為要道也治體也。終始如一勿忘此意如何？責治民間，則其擾必至於厚得醜聲，還徵奸吏，則其弊終貽郡縣，紛紜而亦復得醜疑。前後御史百弊，每生於此，無此二事，則吏民悅服。而吾所舉職者，本不在此。近日為此職者，皆不知所任者為何事，故僨誤如彼矣。吾弟早識此意，卓然諸人，亦皆慣吾立論者也。吾是以於此二者，不復置疑耳。今見仲謙書曰“民無橫罹，吏無冤徵，一路晏然，頌聲載路”云，此其效耳，可幸可幸！

吾一安，方為年底事務所叢集圍困，甚覺衰氣不復曩昔耳。歲前或有更書，此不盡欲言。

丙寅臘月十七夜。

又

得二月初三書，幷審字畫詞致，吾弟做得大事，眞優且優者！雖兄弟知己，猶於未試前，不曾期其如是，令我氣暢心泰，病從而更減幾分也。吾病本由久滯火鬱，今則諸症悉平，但嗽猶未止。以是不能多服仁蔘，所以蘇完必遲耳。

十八日書見否？峽兄尙留慰喜之餘，今日不可不還發，方將送至江上，甚爲悵缺耳。

君書所云"千里外驚遑不定，公私無補"之語，眞達論也。須念吾所擔負者君命也，豈可以私而廢公？況雖欲急速了勘，有如藤葛纏路，披脫不得，徒擾心曲而已，竟何益哉？大義理細商量，君俱得之矣。在其時，已是風傳之誤，致驚人，而況今則都無憂患，須徐徐緩緩，盡意爲之。不必曰暮春，不必曰初夏。雖拖至秋間，吾不以爲悵，向書亦已言之矣，千萬念念。但滇江春色無由共賞，此爲一欠，亦復奈何？臨褫忙草平安字，姑不宣。

丁卯二月二十六日。

又

得風傳間統營，然否？騰稜戈矛之間，必有事不入殼之苦，
而彼處雜弊又極酞繁，未知何以略略應酬擺脫去耶？

春已晚矣，雖即今捲取入山，修文字役，默料所費日
字，四月內復命，尚患有未及之慮，不知果何以爲計耶？

吾身病今方向蘇，而心病又不得不發。君又留滯此久，
萬一復有召募銜絆住，則恐無洱上聯牀一飲之日，此事宜
念之耳。

家眷幸俱安過。春物尚此渺然，都無一字屬興，況邊？
奈何奈何？此紙未期何時得達，聊付京裏去耳。餘不宣。

丁卯三月初六日。

又

近又阻信，日以鬱陶，即承今初四、初十兩度書欣甚。信後
多日，起居更勝？今則眞坐龍門高處，開硯於濃陰流鶯中
耶，多少煩惱辛苦，都不須計較。費思慮，不知中心血爲
用，生出疾病，即俄頃事也，忍之不如忘之。拓開心胸，浩
浩蕩蕩看作一消遣遊戲妙法，如何如何？

時當暑節，六七月行役好是關心。但願清靜自持，勿生
燥心。眞若做到明年如何？其實無定期，何必心燥耶？不
過早得到洱上一樂耳。

卓然之病良可悶憐，本是清弱，今又年老，客苦既多，安得不然耶？如其不可強作，則早先上來，亦何不可耶？

此間一安，吾健飯善眠，漸向蘇完。一路豐聲洋洋，疾病乾淨，民間寧謐，真好世界耳。餘不宣。

丁卯五月二十一日。

夾紙多片，一一覽悉，而作此相示，亦好費精力矣，其間燥鬱煩惱，又可想見，何必如是耶？平心安意，只行吾所當行，勿較其他如何？此事本多曲折，多訾謗，多結怨，未嘗不多尤悔。若一一思念不已，必然誤事傷生矣，豈容如是耶？

又【溫齋公任伊川宰時】

邸吏便書，想已達矣。轎夫回書，昨晚接見欣甚。即又到任狀歷到，得初十書，雖不如浿撥之快，不可謂遲矣。起居連安？

引興寄趣，好自逍遙，荒峽亂峯雖云愁鬱，亦在我消遣中，無所不可耳。

家裏平安。親耕盛舉，欣睹歸來。《中庸》始講，朝又登筵，未能對君誇說，殊可鬱也。

此便自原州直向本邑云。聞十三又當有便，計其回去，必先於此便，故此不拖長耳。今日姊氏來臨，家人皆會大宅欣甚耳。不宣。

辛未二月十二日。

《谷山到任須知》者，欲知一邑諸般出於民力者而作也。
伊雖閑局，而大抵管領者，先知疾苦爲好。試倣此作一
卷好矣，而紙物極貴，其費亦應難矣。

此邑亦應從前行洞布以充虛軍，而到今八路通行洞布
時，此邑亦應然矣。其役根錢殖利補充之規，亦應從前
各洞所有，而到今此錢收上之令，各道同然，爲守令
者，莫不以爲大悶。桂田去時，亦以此事必不可行，大
爲悶歎而去矣。大抵不必汲汲以收上爲務，而姑觀傍
近諸邑之動靜，且探於巡使而爲之如何？

　　聞前東伯言，則古昧呑極僻奧處，不無雜類逋聚
之弊，爲慮不淺云。此是安邊、德原接界地也，在箕營
時，每逢陽德宰，亦以此爲憂。此皆其面地方也，安知
無隱伏盜賊之慮耶？此不可不察，須密密採探如何？

方伯居留，皆躬行耕田，應有行會儀節之自營來者，亦
須行之如何？亦閑中一好事耳。

又

道明明曉還發云。與漢哲約會於楊州路，未知果不爽否也。
日來渾衙淸安？ 日坐天遊堂，與仲車對讀先集，不但爲較
讎也，亦令此子知吾先王父之耿介，甚可樂耳。

伯永日無聊閑坐，乃中則夢如亂絲，"腹裏有書，囊中
無藥"，亦復奈何？ 石老侄自三登今夕始來，明將向其家。
說及車侄，如何？ 車侄之字，改以仲居似好。"君子居其室，
出其言，善則千里之外應之。"善固應之桴鼓，而居其室之
居字，亦大有味。居者，平居也，平居發言而善，此非一時
襲取，則眞積力久之工夫，於居乎在耳，以爲如何？ 餘另具
不宣。

辛未四月二十日。

雲觀所在一片石，刻簡平晷、渾蓋晷，終不能究解。今
雖拓來，而亦不得其解。茲送一本，須細心究得如何？
其天頂字十字交處有表木之孔，故所搨處白點圓大也。
簡平是一法，渾蓋是一法，是兩般日晷也，非相與交須
也，幷諒之 可耳。必平面也，非立面也，亦諒之也。

若其"乾隆幾年立"云者，亦可異也。旣有此晷法而
石刻示後，故立作碑樣，而非謂晷之必立而測時者耶。

又

李用七來，得日間渾節平安爲喜。既送家侄錫琦，想益涔寂，而疑慮尤於孤坐時，難排遣也。

吾一例昨狀。室憂臂痛尙不減，此爲老人例證，猝難霍然，姊氏先病，所敎如是。而因此而元氣益憊，見甚切悶耳。

洋舶十五日辰刻，一齊退去而投一文於富平人。皆以爲爽快，而吾意則憂虞自此彌深，不知竟當何如也。

十七親臨觀刈大小麥，吾亦參班，獲睹盛擧耳。李吏云有歸便，故略此。不宣。

辛未五月十八日。

其間二帆一船出去時，諸船皆已至外洋而回矴舊處矣。二帆費幾多日還來，還來而彼乃投文於富平，一齊起去，甚似往求北京，見阻而還。於是乎歸告其國而起去也。

或云"恭親王監造火輪船，方在天津過夏，而彼夷往還日子，適相當於往來天津之間。然則未至北京而直求於恭親王而見阻也云云"，其說亦或然矣。所謂禮義之邦，見侮於遠夷，一至於此，此何事也？

輒稱"禮義之邦"，此說吾本陋之。天下萬古安有爲國而無禮義者哉？是不過中國人嘉其夷狄中乃有此，而嘉賞之曰"禮義之邦"也。此本可羞、可恥之語也，不足自

豪於天下也。稍有地閥者，輒稱"兩班兩班"，此爲最堪
羞恥之說、最無識之口也。今輒自稱"禮義之邦"，是不
識禮義爲何件物事之口氣也。

補弊錢、役根田之收納事，本行會八路者，而莫不稱
苦。或面懇，或書乞，而得姑置勿擧者有之，春川是
也，東伯是也。其他亦應有如此處矣。

　蓋收納之本意，以爲補弊錢、役根田等，本爲補
軍弊者也，今旣行洞布，則軍弊已塞矣，曾前所有之補
軍弊條件，今則無用。而收納之計也，殊不知軍弊之外
許多戶役，亦皆以此錢、此田，自洞中補用也。況洞布
之行，雖逐戶排徵，而洞中若有此錢、此田，則各戶分
排之數，亦可稍輕而省民力也。此物豈可一朝刮盡者
乎？

　伊邑軍政未知其前何如，而亦曾有洞徵之弊，故有
錢、田之設也。錢與田或有自官補設者，亦應有本出
民間者，則今若收納，怨必起矣。設令十分堂堂可收之
物，卽今民情自前民情，莫不與之則喜，取之則怨也。
今於人心大壞之秋，若萬不得已朝令奉行，則民亦敢怒
不敢言。而旣關東一路，因道伯周旋，幸免收納，而今
乃自官收納，則以若峽俗愚蠢，豈得帖然無怨言乎？所
用處，卽三門修改也，奴令聊賴也，不爲不緊且緊，而
小民豈諒此乎？只於渠損毫末則怨之。況執此錢、此
田而爲利者，必該洞之頭民也。此輩又最工於怨謗其

政令而民聽易惑者也。一朝失其利寶，則豈不搖脣鼓舌乎？可畏可畏！必須置之勿舉如何？若或已爲發令，則翻然改頒還寢之令，何有銷刻之嫌哉？銷刻本非不善也，卽善之善也。而今人每曰銷刻之嫌，有若大不可爲，此尤素所不解耳。

儻洞布無慮於民力之均徵，充上納優如，而此錢、此田，無他省力補民之事，則亦有道理，須齊會鄉人，一番詢問處置之道爲好矣。

　　名以郡邑所謂使令，卽紀綱之僕也，乃不滿十人，何以爲邑樣耶？自古待令官門以給使喚者雇用民夫，卽唐、宋法制也。今則無此，而恒有應役之人，別給食料。向於谷山見使令所食磨鍊於各面里，而名曰"雇價"，卽丁茶山所定，而其云"雇價"，卽有識之名目也。今若要以此錢、田，歸之奴令料食，則仍存其錢、其田於本面本里，而取其所出以補奴令之食，亦何不可乎？民亦無疑怨之理也。

　　今若收錢賣田，則畢竟歸屬雖萬萬明白正大，終必取不韙之說，愼勿愼勿！然則三門之役無奈何，亦復奈何？

　　當初允日有此收納之論，其說似未爲不可，而細細商量，益見其不可犯手矣。君亦應心有持疑，而姑且强而行之也。此爲平生吾與君之病痛也，此爲剛斷不足之故也。愼之愼之！

蕩，心目漸闊，此爲養生一法，可笑世多碌碌見耳，第一奇事。

　　吾則中間十餘年，無一篇文字可誇中州士夫，縱有之，亦有何奇文耶？乃携來《說文翼徵》，此爲海內縱橫上下所未有也。此不可不親手交付可意人一見也，不可遙書相托於顧齋輩也。此所以吾之有今行也，不亦奇事耶？有物默相如此耳，勿以吾言爲妄，如何如何？

　　渡江前又當有一褫，柵內又將有二次啓便，都閣不宣。

　　壬申七月廿三日。

又

七月廿九有灣撥，修書已封，而廿一君書來到，有"入於促還"之語。是日晚後又得廿四君書，乃有"不免還邑"之語，"欲於渡江書後卽爲還官，十月旬間上來"云。然則其間家裏無管，爲六十許日矣，太虛疏。遠行者有此內顧之憂，亦難堪矣。凡事非遙度可指揮，則置之勿復關心可矣，而又安能如是耶？

　　且所憧憧者，非專爲家中人也。君之獨坐窮峽，無如誰語，其爲愁鬱，必然生病，此豈吾可堪可頓，斷不以爲念者哉？第一上策，棄之而已也。此又拘於債臺，莫可勇斷，可謂偶然逢一阨境也。此而不可奈何，彼而無可奈何，然則惟有安心順應，勿用作意安排，小心小心瀏瀏挭過，可以無咎無悔，幸勉之勉之也！

吾豈不云乎？官祿與疾病相似，卽"世應占法"也。疾病之來，只可慎藥餌慎起居，揣度時日，自然得漸就差安，官事亦然。限滿瓜熟，自然卸免，必有其日。此爲居官任事者無上妙詮，以此存心耐過，可無他慮耳。然而還邑時，別無作伴之人，僎則不可闕也。將率去矮雄耶？最爲虛疏是可悶耳，此亦非遙可指揮，奈何奈何？

亨山每欲歸家，其亦老人情事，不得不然。而君旣還邑，此公又下鄉，則萬不成說。雖難於堪耐百般苦惱，而幸姑留坐，勿生燥鬱之地，如何如何？此書轉照爲可。

吾一例安好。初六始可渡江，近來撥路甚遲，去六日還六日，必十二日然後乃得往返。今此書之答若速來，不過十二日也。此限則可於連山關得見之。至若渡江啓、入柵啓等便，但有去書，無以見來答耳。

《說文翼徵》，有數之作也。吾之今行，本非爲此，而有物默相，必欲傳此寶於天下，自然使我起興勇往，其事大奇大奇！君雖受一時孤寄之愁，我雖有一時勞攘思慮之惱，皆在所不卹也，非大談也，實實如此耳。此書若剞劂，則書賈當獲大利，吾雖無刻此之貨，而可與有心人謀此事，庶幾成得，以此商量無限耳。千言萬語，叮囑刺刺，并無所益。往還三千里，中間五箇月，安用是區區爲哉？

吾善噉不醒胃之飯飧，善眠不適宜之枕頭，留灣館多日，日與同伴及主人，登亭乘舟，取歡遣日。神氣清爽，百無所損，勿以我爲念可耳。此意雖告於令嫂及家衆，必以爲不然，殊可苦也。好笑好笑！不宣。

壬申八月初二日。

又

九秋已深，果還坐家裏？渾眷平善？所祝者是公私寧吉，所報者是一行安好，餘無庸刺刺也。此便乃的探詔敕，順付先爲報。雇腳走致灣上也，上院閣書，卽刻送呈，而有謄送一紙，爲君與諸社友同覽地也。見此紙，則凡事及歸期，可料得也。

研樵弟雲龕，名文燦，年三十四，官內閣中書。力學六書，以《翼徵》示之，片時披覽，已悉其凡例。且言"此書探阮氏《積古款識》、薛氏《款識》，阮則考據詳而頗有誤字，薛則筆畫多誤云云"，其敏妙如此。遂以付之，求評騭以還耳。顧齋不在京，可恨。且百物翔騰，不能謀付之梨棗，又可恨也。

大婚典禮，衆皆無暇，今行遊讌，大不如所料，又可恨耳。今日當會雲龕，可有新知諸君也。不宣。

壬申九月廿四日。

又

狼子山雪中得家書，一例平安，欣豁可知。

吾行眞可謂利涉，天氣晴暖，不見點雪。及到東八站，卽峽路也。於是有雪甚厚，犖确之險盡爲埋平，坦坦車馬之行，如飛星風帆。且不甚寒，開轎窓四望，皎然一幅"雪棧行旅圖"，又是奇境。

姊氏老人病患若是沈篤，豈可以一時加減爲之弛慮？是以心思不能自定，惟默祝而已。有書而代寫也，緘處親寫月日，欲我之代面也。今茲呈答，而中心危懼，何能喩耶？天幸迓覽，則可爲一入京，心忙而事鈍，奈何奈何？渡江後又有書，此姑不宣。

壬申臘初二日。

又

初二到柵書，想先覽也。爲待車重遲留，今始還渡。老年遠役，支離之餘，并州故鄉，亦復可欣，此專由衰不如向時而然也。

恒敏來待於此，聞"其逢龍崗於洱上，始因急報而登程，繼得聞慈患有勝節，貿蔘而去"云，稍以釋遠外憂慮耳，未知間益得安云耶？

吾行自然迫歲可入京，聞我地冰雪極艱云，又可悶耳。

切勿爲出城遠迎之計如何？啓便走草。不宣。

壬申臘月六日。

吾行盛暑而往，隆冬而返，始也無潦雨阻水之苦，今亦不見風雪折綿之寒。氣如早春，野闊天低，浩蕩自得。今到龍灣，不但近鄉情怯，漸復爲塵累嬰纏，殊不快意也。

今行不以遊覽爲事，只欲結識中原名士，而舊交諸人皆不在京，惟研樵之弟文燦在矣。大婚在九月十五日，其前朝士皆無暇相從。及到十五以後，或於班次逢人，或有聞名先來館中相訪者，或於他座證交者。自一面以上統計，可八十餘人，亦云廣交遊也。

然而觀近日風氣，又比曩昔不及，老成者皆無甚興況，且其有志者，多如王顧齋之歸里家食也。年少新進，皆不過詞翰筆墨，而亦無甚超群者，所交雖多，而只是酒食相招邀，詼笑相樂而已，有何可意耶？

以使事未竣，淹留至十一月初，而左右酬應，雜沓不暇，亦一困事也。

有彭玉麟，號雪琴，湖南人也。以秀才團鍊鄉勇，立水戰大功於江中，當南匪平定時，此人之功甚多。爲曾相國藩所薦拔，官至兵部侍郎、太子小保，而不受爵賞，不赴京師。今番因召至京，駐松筠庵，有人爲余言之，即日往見，甚相傾倒。然亦貌不逾中人，又不見有異於人者。後數日，於班次相逢，就我前肅揖，欣欣有酬酢，一班爲之動色。蓋此人時望方蔚，舉世皆想望，而觀其揖余而爲之動色，亦可知時望之果然也。前後四五次相見，亦來訪館中，皆不易得也。

然竊窺其閫奧，恐無甚奇特拔類之經濟籌略也。洋情只依舊，去去來來，無甚可論，而年前中國之人有至英、法諸國而還者，非使臣也，只私自往還，而其實則自國家送之云。庚午冬，天津欽差大臣崇厚奉命往法國，蓋彼夷屢請遣使通好，不得已送之云。今年夏始還，而遍遊英、法、布、美各國而還云。若見此人，則可聞彼夷之事，而逢見未易，且無梯緣。

仍念此爲麟慶之次子也。麟慶半畝園，吾無異慣踏。聞厚之兄崇實自四川將軍解歸，今爲蒙古廂白旗都統，吾東人從無與此輩相從者，吾試欲一見之。實之客有漢文暹者，徐殷卿之所識也。見殷卿書卽來訪，故因濮而逢實之子嵩申，又約一遊半畝園矣。崇帥聞於其子而證日約會，以是始見崇帥。

聞伊弟奉使往法國時，其王被布國虜去，待其立新君，致命而還。布之强甚於西域，而亦由俄羅之陰助得勝云。其說多可聞，而大抵天下大勢，深憂在於俄夷。見今回擾者，卽新疆有事也，此亦恐有俄夷之助也。中朝士夫未嘗不以此爲憂，而滿人則牽酣無爲，漢士則文弱疏迃，未知天下事竟當何如也。

錢輕物重，到處同然，而殆甚於東方。尋常書種，又皆稱之，亦由南匪粗定，蕩無書籍，現方各處刻坊，

皆取京中善本以去，故書肆中好書極貴云。既行橐如
洗，而且其貴如此，不得隨意購書，好歎好歎！臨便走
筆，不能悉十一耳。

瓛齋集

卷九

書牘

潘南 朴珪壽 瓛卿 著

弟 瑄壽 溫卿 校正

門人 清風 金允植 編輯

書牘

與尹士淵【己酉】

山陵事竣，卒哭奄過。惟我先大王聲明文物，永閟千古，慟哭雲天，冤隕靡及。官守有限，計違攀紼，孤負恩造，此何人斯？

居然歲暮雪深，兄體定省萬安？關山離索，此際政苦，胡乃久不見一字書也？隨其意到，寫付桂舍，此爲妙法。若必待聞便裁書，則未易得之耳。

弟久痢五朔，生平刱見，今乃平勝，而眞元之敗，不容言狀。公幹私冗，膠擾糾纏，固其勢耳，亦復何哉？

此處寒暄異候，雖暑月，若有西風，便覺瑟縮。人將曰"近北之故耳"。及在冬候，微得南風，輒蒸鬱不堪，甚於在嶺外時。兄謂此何故耶？蓋自臺灣、琉球直到此地，滄海萬里 無復限隔，南風一吹，則赤道熱帶曾不消散，留滯於高山巨嶺之外，而呼吸直到故耳。兄謂此解何如？

此地極出爲三十九度半強，南至日測驗者也。比漢陽，更高二度，冬日短、夏日長，當爲一刻相殊，而姑未質定耳。《三界圖》中，此處出極及燕京偏東幾度，須錄示如何？此距山東某州府，平線相當，亦須錄示爲望。不然，此爲信便，

《三界圖》帖便相投示, 則尤幸耳。

欲作邑志一卷, 但無堪採撫掌故, 且無勝迹, 野人傳說殊多荒唐可笑, 奈何? 班《志》中, 須考樂浪屬縣有曾地[1]縣否。向別金山泉, 出門跨馬時, 遙謂曰"此卽漢曾地[2]縣", 行忙未及更質耳。此必有所據, 兄可考證示及否?

每讀古人告君輒稱"待罪某職", 只謂是謙畏例語耳。今莅一縣, 漸覺此爲實心實情, 古人下語, 無一字泛忽如是矣。

飽喫安坐, 隨例署押, 大驚、小怪都不究詰, 是固罪爾。若欲一反此道, 亦復得罪不少, 兄有何術可以教我?

方聞勅使今日渡江, 卽地戒裝出站, 一邑沸鬧, 心忙不能罄懷。惟望新春茂納天休。

又【丁巳】

天寒歲暮, 朋友落落, 老來懷緒, 尤難自遣。矧吾兄在苫塊中, 孤寄海畔荒村, 此時此情, 何以慰寬? 時序倏忽, 攀慕靡及, 益不知所以奉勉也。

頃令胤自嶺外來, 暫得見面, 益覺充實。又有客見廬居凡百而來誦者, 幷足慰耿耿之思, 而所可恨者, 地僻路左, 無由隨緣歷訪, 是堪悒悒耳。

---

1 地:底本에는 "池". 《漢書·地理志》에 근거하여 수정.
2 地:底本에는 "池". 《漢書·地理志》에 근거하여 수정.

兄豈久於此哉？兄何必不久於此哉？有如人心道心迭相往來，竟未能執中於此事。弟豈無主張定見者耶？然而如是者，誠不知其曷故耳。

又

熱河行人今日渡江，去家國之戀，那能無之？兄弟友朋，我懷君思，未知孰多孰少。

江外群山眼界壯闊，已覺非域中曾見。從此心目日新，以是爲快。賤軀已試千里勞撼，幸無甚損，願勿以爲慮。祝起居增安。時時過存吾弟。

又

必須盛言"法制更張，大關治亂，不可草草句斷以致有悔"之意。此爲好命意，老成之言通一篇，以是爲主，如何如何？如此則不言之中，實發明弟之投疏，初不求如今日汲汲愳迫之意耳，又豈不大好大好哉？

弟之所大懼者，今日之舉，雖非曰弟疏所發，而其實則亦未嘗不然。而竊觀舉動，且聽物論，實無良算，只增掀擾，此未嘗非安危之機也，多少憂慮，實不能放下。兄須以持重熟慮之意，敷衍而力言之。此爲得體也，時務也，毋忽如何?【允植按: 壬戌年先生以晉州按覈使復命, 論列三政之弊。朝延設釐整廳欲更張, 百爲一無所成, 徒滋煩擾。先生大爲憂慮曰:"此豈吾本意耶? 作事無漸, 何以善後?"故與尹公書如此。】

又

金波彩虹更勝前日, 不足叫奇。叫奇處政在漁舟子月中行, 了了在目中也, 恨不見之。大抵光景萬變, 水邊勝於山中, 所以爲智者樂歟。

　　弟伊日穩抵, 無甚憊苶。過掘浦, 橋傍有碑, 刻"天登橋"三字, 又列施主人姓名。後面刻"崇禎八年", 於是知此橋非金安老所設也。金石考證, 何可廢耶?

又

松雪《蘭亭》借呈, 而此爲子昂最著意筆也。王父平生喜臨此本, 乃手澤最多者也。改裝時不檢, 多有闕錯處, 然亦何妨耶? 古來學書家最先功夫, 卽影摸也, 一番用功, 便得神髓。不然而旁臨而已, 則終不能得其筆勢, 須使令胤圖之如何?

　　《醴泉銘》別來十年, 到眼欣然。

　　《士小節》三冊送呈, 此爲本家單本, 且世上所行, 皆無注之本也。然則此非但其家之單本也，即世無別本者也。以其語多解頤，故見之者輒要一目，竟無補於作者之本意，而易致轉轉淹滯，須勿煩人而急始移寫之功如何？昨書待義僮不來取，尚在案頭，可異也。《士小節》凡二百八十四葉，備七束白楮，可謄耳。其注乃雅亭子光葵之為之也，其亦博雅如此耳。書頭往往有籤付及頭注考辨語，亦須一一錄之，以存本面，無妨耳。

又【丁卯】

兄得我書不知在於何時。弟則屢拜心畫，迄未能一謝，其衰病懶怠，於此可見，奈何奈何？

　清風山水之勝，不及丹陽多矣。然一葦溯流，桃源、武夷到處便是，無疆界可論。此非吾兄清福，即弟奇緣耳。準擬解官歸日，自我屋斗陵江上駕扁舟，引纜掛席，到寒碧樓，主人方抱書晝眠，破夢驚起，大笑相迎，炊麥飯，膾江鮮，其樂當何如？每念此事，仙仙欲飛去也。

　計已上官，近節何如？彼劇此閑，想大不同矣。然貧邑理應多弊，俗又頓異南方，治理有似良醫對證投劑，溫涼隨宜否？

　弟素餐之愧已無可言。向來一病，驚動京外，雖即痊可，而所謂蘇完，竟非光復舊物，即是南渡偏安，一身壯衰，大似天下大勢。

吾弟在嶺外，錄示圖翁何處題詠一篇，有"腹裏有書還誤國，囊中無藥可延年"之句，讀之不禁眼水淫淫也。其行聞已北上，尚不知何日得相逢。周歲久別平生初有之事，且念其喫無限苦楚，受無限訾毀，頭髮盡白耳。聞其處置諸事，大勝乃兄，似不至辱命孤恩，亦幸耳。

前秋聞宅眷往寓華楸，歲初得令胤書，似尚未捲歸，伊後未聞信亦久矣。不知今已入京安頓否？清風僻奧，不必取，沿江上下，不患無可居地，及此時能謀之否？

弟平生結習，自放於雲水間，夢想清洌佳處。向得一老屋於斗陵，卽徐楓石舊宅也，自以爲一可意事。願與吾作桑麻雞黍之隣，如何如何？得閑暫草，伏希回信。

又【丁卯】

淵齋尊兄知己閣下。

千里關山雪色崢嶸，忽得信函，驚喜如何？孟峴桂堂歲暮相過，亦何以加此慰情耶？

貴治在萬山中，此時光景最蕭瑟，亦自蕭瑟中有趣。官酒能堪釃人，雉兔能堪一嚼，但恨無人相對縱談笑耳。

吏務更何如？幸無大皺眉處，不與鶉鵒骫猱勞我聲氣否？如今此事最無奈何，只優遊卒歲，無著手處。一郡如是，一路如是，平生方冊裏多少妄念，都落在何邊？悵然益無奈何也。

弟雖衰甚，幸無顯恙，家眷尚在署中，溫卿在傍湛翕，事事當爲人所羨。顧其中，則亦一寒碧樓上兀坐老翁耳。

承寶康書絶罕，近有轉傳一函，不過酬應人干託而筆意甚似衰倦，奉悶更切。

京裏百物翔騰，貧富俱困，未知何法可以濟此。

令胤尚以水原爲久住計耶？皆出於無良算不得已，念之悒悒。弟於上游旣謀一屋，而見之者皆言"打頭之屋，方慮巖墻"，恐無力修茸，直棄之而已，亦一狼狽事爾。雖然平生夢想，只戀上游佳處，兄若有可爲之資，亦必就此間留意爲好，比諸近海近峽，可樂甚多耳。

貴境近嶺南，溫卿歸後，應有聞嶺外物論，未知得失何如？此事非閱歷人，不能下定評，以我視之，蓋不負乃兄所期望，難得難得，幸甚幸甚！土豪之煽謗、墨吏之助勢，蓋亦不能免也，何足道哉？

弟又有近日所遭，其事奇怪，大旺一世，亦可付一笑。然不得已投進病章，反蒙隆批，又因大僚陳請，仍任一年，憨愧兢惶，往愈甚焉。

溫卿來時，逢今瑞興徐使君，盛道吾兄在南時證晚契，深加歎服。此君，弟未曾識，其樂善又是難得，恨無由相見也。今槐山李友景涵，可曾相見否？亦襟期坦白，必與兄合也，寂寞中可相樂耳。

石弁千里負石尙書像來，較武烈祠本，弟往躬審，蓋眞本爲十分無疑。此事竟當作何究竟爲可耶？

弟於前冬，託沈君仲復諸友，改修九蓮佛像。春間使回得答書，皆云"董研秋擔其事"。日前曆使歸得董書，甚欲奉覽，而實難離手。茲令傍人依式錄呈一本，覽可概悉也。佛像【卽碑拓本】今方謀裝褙，後日可同拜耳。

李南原家少年，弟未及見之。少年之翁，兄弟本四人，今存三人，其一權奉婦翁香火耳。吾兄存念及此，不勝感感！

弟則憑信極難，來此後，尚未一書相問，鄉曲物情，必以爲太無情矣。

咸從高默，發送讞校，僅捉得於甑山地押來。茲付清風校去，而恐中路逃逸，更發一卒同去，未知能無他疏失也。其遣或者可哀，而在逃經年，其兄代囚，而仍不往現，其罪已合難貸。甚欲一懲而送之，念千里在前，姑忍之耳。

餘祝兄體萬苰，歲新與民同福。姑不備。覓襯，時惠德音。

歲暮順便，莫可寄一物。問於校卒，謂可攜少許去。故菸草五十枚、聯紙十軸付呈。

又【戊辰】

冬天不甚寒，伏惟淵齋尊兄體中萬苰。

湞江雪封矣。遠想大關嶺，路塞便斷，此書能何時到覽？向承惠函，至今置座側，時時替面，亦大慰離索。

所求扁字門額，蘖字極難藏拙。就鉛板上禿筆屢試，得一僅可，輒移摸湊合，不無狂怪處，然或可刻揭耳。堂扁，聞江東官閣有朱子筆，摸來極好。此爲李海嶽明煥公燕中携來者，其故實另有所記，今幷錄上，須刻揭此三字如何？弟又有小記，列寫紙下，須依此刻之甚好。中原多有如此之例耳。

前惠清風奇石製榻，日夕清玩。江陵之珍應有此類，且蚌蠃之殼最多奇怪，幸隨見收取相寄，至望至望。怡心養性，無此右耳。

又【己巳】

省禮。

曩在洱上，承路次慰狀，卽又拜三函，寬譬慘悼，情溢於辭。種種哀感，何以具述？把筆欲答，淚先於墨。不知此身積何殃咎，乃令無辜摧折至此？

其爲人之可期成就，實非我溺愛之言。年來器業漸進，大有可觀，庶不斷先人之緒，不孤知舊之望，誰謂玉碎蘭摧，一朝乃爾？乃父擁旄之地素稱紛華，世之人或疑年少不免戕賊，此誠冤矣，又誰能知之耶？慟矣慟矣！

昆季相抱相勉，不外乎逝者已矣。宗祀之託、門戶之寄，惟保得性命，然後乃可，了當此事，下見先人，此大義也。以至達觀之說、忘情之道，曷嘗不解此理耶？然而觸境隨時，驀焉忽焉，胸中氣動，如痞如結，消磨不得。大抵日日遠日忘，而恐沒齒無奈何耳。

星谷、桃峴皆無可擬，時當漸熱，弟又未卽歸來，姑借西郭十里地權厝，方欲求山完葬，而同五世祖之族，有幾個昭穆可擬處，將立一宗子、一吾孫。而稍待涼動，然後此身可奔走畿湖，經營此事。念吾兄遠外憂念，略此奉報耳。

伏審兄體痢餘未淸，且得聞令胤間作覲行，似因患報而發云，我心又懸懸不可暫釋。大嶺際天，殆類異域，海上孤寄，情況可念。此所以有自危語也，然那有是理？吾兄平生學力無入不得，而但每有思慮纏綿，不能割斷之弊。今此病證亦未嘗不由於是，願一切不愜心處，頓然放下，以忘却爲要，如何如何？

弟四月初二蒙遞，須代月餘，五月廿日入都，委臥舊巢，尚不出門外一步。幸姑無職名及身，得以休息，而行當暑毒，悲疚在中，表裏形症，自然漸敗，亦云可悶也。

又

聞有愼節，放心不下，及得下答，大以爲慰。沙蔘膏奏效，甚幸。

所謂沙蔘，東方所用皆蔓草，而根沈醬甕中，經久啖之品佳，故每人家種之籬落間。此實非沙蔘，或其功與沙蔘等，故用之亦未嘗無效。但必遜於眞沙蔘也。愚所云眞沙蔘者，卽俗名"蔓蔘"者耳。此物直幹挺生，初非作蔓，而乃得蔓之名，亦異哉。吾兄弟久有此辨，每對人刺刺屢說，或兄亦曾聞否？

考《本草》沙蔘諸家說及圖本，并無蔓生之證，只作苗高挺生者也。其形與東號"蔓蔘"吻合無差。今只求蔓蔘服之，便收沙蔘眞效斯可矣，願兄之試之也。

此物到處有之，其根俗所謂沙蔘相似。七八月開紫花，兩兩相對，下垂如鈴如燈籠，故樵童稱"燭籠花"。有花大者，亦有花小者，其實一物也。採洗、陽乾、陰乾俱可。畿峽則產於加平者佳，而聞江陵五臺山所產最佳。

弟曾試加平產者，洞泄，泄收後，又服又泄。如是者三次，恐不合稟質，遂不復服。而溫卿不謀於兄而取五兩許，入附子一兩、熟芐二兩，大煎爲一大盌，分三次頓服，大取奇功。自是屢服得效，不可勝言耳。弟亦欲更試之，但畏附子，尙未果。此物必性涼，故伴附得效耶？若金眞寶周敎未嘗伴物，而單服每日三四錢，亦收效甚多。亦隨人異稟，有中有不中耶？望兄及此秋晚開花時，多多收之，旣以自服，又以其餘及於吾弟，如何如何？

適有弱毫偶到手中，筆不隨意，胡亂如此。述一篇沙蔘，不暇及他，語苦支離，并閣之。

又

向來楓岳之遊中路回轅，殊敗意事也。一歎雪嶽賞楓，可補
其債歟？

繼祖窟壁王考刻名，曾未聞知，先人若陪親駕往遊，則
承聞焉。王考少時游楓嶽，題名萬瀑洞，文稿中有此語。向
醇溪到彼時亦見之。今此處則始聞耳。兪學錦者，漢緝之
族也，亦有文識，自沔陽隨王考，到襄陽者耳。

原、橫之間，先輩稱山水清秀可居，未知果然否？若
洪川則似稍勝之，金友在重家世居。其至親有讀書之士，
或見之否？長溪峭壁，亦有可占居處，想未及周覽矣。

弟間作木川之行，爲訪族人，見兩個孫行，皆與凡人同。
但未經痘疹，不得成言而歸。又宗子尙未立，此爲急事，有兩
人而尙亦未決，以此煩惱。終必擇取其一，皆吾高祖傍孫耳。

自木川歸路，歷訪洪一能，池閣、林園皆湛軒公遺躅
也，遂拜公墓而歸耳。

現今又將向上江薄莊，求得一兆於近地，則期於未寒，
完嬴、博之事，而恐又未易。以此數件事不從心，日夕惱
了，心不得休息，殊可悶。

又【庚午】

伏承惠書，十二月望朝所作也。每歲此日，把酒相對，爲老

來一樂事。今在湖山千里外，雪月崢嶸，官樽雖芳，誰與一舉？仰想難爲情耳。

示二記，所欽服者，兄年高而文氣平舒闊大，不復前日步趨繩尺，是爲文章正軌，從馴識職，甚盛甚盛！

奇大中書讀之，益覺有道者氣象不凡，兄宜撥忙一訪，不負所約如何？

又【庚午】

《開國方略》昨已開過，而考《明史》史公本傳，則史公之死於城破日，已載正史，無待頭記此語。竝此送覽，覽可悉耳。

大抵本傳雖載此語，《方略》亦云"軍前立節"，而竝似亂兵中被殺，不似明白拘執不屈罵敵而死，故終不明快。其大呼曰"我史督帥也"，此在文山部下，亦有杜、金諸人，爭自稱"文丞相"，以免文山之死。安知其大呼曰"我史某"云者，非此等人耶？要之史公不死於兵，則死於投江，大節炳然，不須以死不明白爲疑耳。

又

仄聞鳬舃近當入都，企望頗勤。卽承審兄體康護，慰幸。

水原營繕似在先壠域內，而自是大事，未知靑烏協卜，諏日得吉，有十分可信術士而行之無疑否？

憧憧不能已者，誠以吉凶、悔吝生於動者也，吉一而已，凶、悔與吝居其三焉。譬如夜行涉險，信步而走，非水非石，踏得坦道，何能質言耶？是以"動"之一字，無事不難慎，而至於移墓，尤其甚者也。觸犯忌惡其說多端，雖未必盡拘術說，而不可不十分審慎耳。

又【壬申】

淵齋尊兄閣下。

前六月廿二書函，得承於浿西路中，概審道體珍重。縱横滿紙，筆下歷舉經史存商幾則，纚纚錯落，可知神充氣和，不爲朱墨撓奪，甚盛且喜。

弟今方渡江，回顧東雲，戀結觚稜，其次兄弟朋友耳。弟行雖衝冒暑炎，幸無他苦，憑仗寵靈，利涉無虞，勿庸相慮念也。

兼兩賀而往，十月初七以後始可還發，入京可在至晦。伊時兄若還家，可相逢談中州事也。歸期稍遲，其於燕中游讌，展眼稍寬，是又可喜。惟望兄體餐衛勝常，公私太平。

魏默深有《曾子章句序》，錄在《經世文編》，是必其所輯也，當求之有道耳。

又【癸酉】

溫卿昨試艾熨，且帶番椒朝來，自言："若有漸效，而姑未可質言果否耳。"

木瓜杖當取扶老之力，若謂木瓜有除濕祛痰之功，則手裏握也，那能有透臟、沁肌之奇效哉？向來洋擾時，爭求丁公藤杖，皆云"黑鬼子最畏此木，若一著力猛打，則無不立斃，故不敢近"云。今以木瓜杖責痰注痛，恐與彼相似，絕呵絕呵！此杖屈曲硬滑，大類老人星，過頂之物儘是靈壽之品，拜嘉不已耳。

《性命圭旨》，夙所聞而未睹。昨兄云"《萬神圭旨》，意是別有一書矣"，乃卽《性命圭旨》也。凡丹家書亦多，而其曰"龍虎"、"鉛汞"、"鼎鑪"、"烏兔"，皆譬喻品也。演衍爲說，圖繪寫形，實不如醫家之直云"氣神"、"精血"、"陰陽"、"寒溫"之簡質而易曉也。每欲取丹家此等說法，一切以醫說翻譯，令人易知易行而不復爲怳惚孟浪之惑也。注《參同契》時，崆峒山人未及念到，弟子不能無憾也。"洗心退藏"，曾從洪老丈聞之，今於此書當益得其說。然默領盛意在差可少病而已。若夫長存久視，任他造化，吾輩亦讀幾卷書者，豈區區於此哉？

又

霜旭喜暖，拜頌體安。弟依昨狀。

溫卿頗有勝節，但其屈首矻矻於偏旁聲音爲可悶。此事已就精深，若移用功夫於《禮》、《春秋》、經濟文字，必有可觀，而尙不能斷手於《說文》，願兄有以提撕勸勉，如何如何？

《性命圭旨》"洗心藏密"一段，必欲謄取姑留之。此與醫理參訂，大有益焉。推而類之，其於治道，亦何曾不吻然乎？不必日一時談笑資耳。

曾集未久必有全部登梓，非無可求之道，而必輸致不易，此爲可悶。必有會心人持使節去來，然後可謀之，而此公有此大勳業、大學術，我人無能知之好之，只是慙愧，柰何？

又

史公答書爲內閣珍藏，弁以御序，恨無由見此文字眞迹也。爲天下主者，褒忠獎節，扶植名教，固應爾也，而吾所云"清家諸帝，亦化爲明朝遺民"者非耶？

《牧民》、《政要》送呈，而不必汲汲還傳本主，姑留之，弟欲更詳閱一過耳。無論道之見行不行，吾輩暮年所宜留心者，惟此等書，其他竝不濟事耳。

又

令胤書字甚佳，然嫌涉俗蹊，所以然者以效秋翁也。此爲不必然。

此公確是自成一大家，集衆家之長，鎔鑄一法者也。今無此公之學，而欲效其粗迹，已是迂計。而見今京外吏胥傖夫，無不效之，吾甚病之。不如且習松雪字樣，爲近於中世以前先輩典型，幸勿忽之如何？

又【乙亥】

頤堂墨叢又喜其不至散逸，而想前所來《亂稿》，必有與此重疊者耶。文字之傳不傳亦有數存，見於今者此家回祿而益信焉也。

有吾輩合力苦口挽止者，卽不耐荒涼出郊之計也，萬萬非得計。如此則海莊兄弟家事，不可復問，願兄亦勿以他人事而忽之，如何如何？

又

雪月良夜，不能對酌。雖兄舉三爵，而弟空負頭上巾，沒趣甚矣。

《闕餘散筆》曾未細閱，今得此卷，起感於兩公之著錄與寫弄，不禁愴悼耳。只此一卷到兄手耶？全部俱存，則欲一瀏覽。此卷姑留之耳。

孫夫人事，胡爲欲留待後人耶？苟當可言地，則奚不可耶？

又

早承慰喜紙本，當隨意染墨，而劈作每兩幅，雙行寫一詩，如此三對似好。若全幅作字，則只合作多樂門所附，不韻甚耳。

此箋所畫魚卽八大山人作也。山人之爲誰，兄應知之耶。是爲明宗室，國變後佯狂遨遊人間。今中州人皆重此畫，與傅靑主一般敬重，非爲畫之工也，重其名節耳。此箋宜以其一片裝小帖，作跋語留玩耳。

又

“故人遺艸一家言，半是朋樽昔共論”，此爲汾西先祖校《谿谷集》志感語也。今弟於海莊此稿，亦禁不得觸境生悲耳。老來心荒，甚於曛昏。要當一披閱還呈，如有可貢愚處，敢辭諸？

又

梨洲碑記所著書目中，有《明夷待訪錄》。然則此書卷首，胡爲稱黃宗炎也？炎是梨洲之弟也，又胡爲稱黃宗炎梨洲著也？《待訪錄》是皇王世界之書也，爲顧亭林所欽服者，而今刻在《海山僊館叢書》中。此叢書爲葉名琛廣督時，其大人東卿所序而刻者也，柰何謬錯到此？誠不可解耳。《待訪錄》方在㮵谿丈，來當呈覽耳。

又

弟自初七至昨所經歷，蕭閑淸曠、警惕辛苦、歡欣忭祝，備在三四日中，不知從何說起。自然多懥，尙爾圉圉耳。

盛稿日昨初不寓目，今始一讀。蓋近來合作，可入《東文選》中，豈兄年高境進故歟？亦情到、意到、神來、氣來，有此感激之筆也。作文須有此境，然後方有佳作。不然而强覓，竟不能得如此文耳。海莊稿要之全寫一本，然後可論存刪，今復得十冊，當免大闕漏耳。幸甚。

又

淸晨拜慰更深。《原道》文字甚盛意也。胸中爐韛，腕頭筆墨，必具異樣精彩，可能使讀者醒神。若依講學家爛熟言語，別無奇處。下筆之際須先存此戒，如何如何？一冊包送，切不可煩他人耳。

又

拜慰，一冊依到。

　　相與誶罵，未服厥心，所論誠得之。愚則曰其技藝則精巧入微，其學術則鄙俚粗疏，乃以鄙俚之說，證之於精巧之迹，所以自信愈篤，蠱人愈深也。至如誑誘愚民，亦其術之下乘，擒賊先擒。自有急務，若徒與壞色鬨飯，煩吾辨舌，則亦疏矣云爾。

又

西風吹散凝雲，從此快霽則幸甚。纔自公退，拜承委翰，欣審雨裹兄體安重，仰喜。

　　女四書，弟有一本謄寫者，而元來得人家古藏闕一卷者，常恨未能補充，向始有全部到手。先要令胤寫弄一帙，爲異日更謄計。今來新本，當題標呈去，須日後借之如何？

　　蔡錄、張詩，付溫卿訂之，其意似不以博爲得，其說亦似然。容俟面詳。

雲養韓公《潮州表》論，此友未必是不見伊川定論，而乃議"此公迎合"，少年奮筆馳驟，或有此等語。雖非允當，亦志氣可見。若到老閱歷痛癢，又未嘗不圭角鋒銳，磨礱圓熟耳。

桂田方有書，要共聽鳴泉，想於彼相逢。

又

伏承日來兄體清旺，欣甚。弟亦稍稍有勝狀，而老人有病，不見一朝霍然，理應然耳。

《東湖小卷》中有弟畫《山居圖》跋，感舊悽然不知幾回。此爲還此圖時，未及寫送者也，恨不以其蒼勁之字，寫付圖後也。姑謄一通而還呈耳。

梨洲選舉論，果於鄙見有未敢信處。不但中外風俗之不同，必有反生衆口囂囂之弊，此宜多存商量。如此處爲處士大言，不宜輕聞而輕試之也，批識評難誠好矣，當乘閑圖之。

黃肯堂，名之傳，其官名未詳，全氏集但稱《黃肯堂墓版文》耳。《畫網巾先生傳》在何書耶？李世熊亦未詳。問於梣丈則可知也。

又

弟逶迤往還爲三百餘里，頗憊矣。螟孫幸可托門戶，敦定而
歸。率來之節，姑留待新年。蓋其分離之際，情事可念，稍
遲遲爲好故耳。

歸時留簇舍三日，桂田新居果是三帿地近，凡四次往
還。歸時臨門鄭重，我曰："忍別靑山去，其如綠水何，今吾
則綠水靑山間，又添一老尙書，難爲別云云"，相與大笑耳。

【附】尹公題瓛齋簡牘後

瓛齋天分甚高，視凡陋若浼。雖游戲談笑之間，文采照
映四座，顧其中，自有不可奪之志、不可窮之才，措之
而有餘裕、 用之而無不當者。

其文長於論事，辨別情僞，指陳精切，疏暢通明，
纏纏如珠璣之走盤。官話、俚諺，莫不鎔鐵成金，信手
拈來，一歸之雅潔。尋常翰墨炯無一塵，腕間秀朗之
氣，自不可掩，則人莫之及。至其友朋血性、民國苦
心，他日遺集出，自當知之。蓋近世以來，其有用之才
學識如瓛齋者，未知爲誰？ 而瓛齋旣歿之後，如瓛齋
者又未知爲誰？ 此所以爲高歟！

又追輓詩曰："論公未易識公難，歐、范之間得所
安。北里友生哀誄罷，寥天一鶴更誰看？ 歷數台司幾
朴公，思菴去後有瓛翁。孤忠雅望符今古，金水、蘆原
一路通。"

又曰："瓛齋之文，其論事似陸宣公，而指陳精實，令人感歎，往往似紫陽之文。蓋其通透之識、惻怛之意，自然辭理相符。"

上尹梣溪

攀別歲周，遂闕候儀，蓋卒卒鹿鹿，無意之甚，乃至於斯。自訟亦自憐，庶幾其下諒而恕之也。

歲華且寒，益不勝景溯之忱。際伏承下書，欣荷之餘，伏審茲下撫按體候神相萬安，伏慰無任區區。

北土高涼，宜乎水泉適人，而乃有不服之祟，何也？向遊西邑，人皆言水土甚佳，獨不得利，至今有咯血之證，始知稟質各殊，有適、有不適如是耳。

侍生幸無大疾苦，但衰相頗多，彈束趨造，每難自力，不知如此不已，竟成如何樣子，奈何奈何？

下惠諸品，感鐫不已。眞興王碑頃從他人聞之，方俟一本之賜，幸茲得之矣。細玩百回，第一書法遒婉謹嚴，東方古刻罕見其比。"眞興"之爲諡爲號，從未有考證處，旣曰"太王"，則似是尊崇之語，恐非當朝之稱謂矣。且羅代之吞竝句麗，在眞興卒後歷六世九十二年，至文武之世，爲唐高宗總章元年，眞興之世，羅界無由至於今之咸興矣。此碑之立恐在吞竝以後，而其首稱"眞興太王"者，恐有追述先懿之事，不得不如此，而其下文全缺，無以爲辨矣。雖謂非眞興當時所立，亦不失爲我東金石之祖耳。

　　昨秋試士湖南，歷求禮華嚴寺，爲羅代傑構，而東方諸祖師，莫不卓錫於茲。本有《華嚴》石經，爲倭寇槌碎，今尚有斷刻之堆積者。書法絕佳，若使中國人見之，雖殘缺如此，必應拓出傳寶，不令埋沒乃爾，殊可恨耳！

　　紙縮姑不備，伏祈歲時之際，爲國自重。

與申耘英

曩歲弟於燕中，友歸安沈秉成仲復甚善，爲我說浙西山水之勝，贈我《陸魯望集》，要我作贈書圖。圖成，余題詩曰："天闊江空境有餘，贈書圖就欲何如？他年小築松毛屋，伴釣秋風笠澤魚。"仲復爲之歎息。蓋聊復漫辭屬意而已，安有伴釣笠澤之道哉？

　　平生邱壑夢想，惟在上游佳處，非直清流高峯暎帶瀠　　，晨夕往還，最多素心人故爾。書生幸得買山錢，亦旣置屋此間，磵居、溪居兼江居之勝，扁舟草屨，優游放浪，得其所哉！水南水北，皓首相對，兩三衰翁，樂此晚景，促龐公之鷄黍，修逸少之桑菓，眞趣依然，豈止一二？宿昔之志，庶幾遂焉。向又送人多種桃核，春晚花開，紅霞滿谷。蓋勝景如此，而尚未能挈眷一住，不知此爲何故而然。臨風悒悒，又何異笠澤釣魚漫想耶？

　　此際忽蒙問存，香醪錦鱗，珍重至此，笠澤伴釣，風味不減。因境起興，索紙走筆，此若裝成屏風，似勝片檀摺疊篋笥中矣，以爲如何？覃恩盛典，誇耀鄉里，亦有如此道理，不須云云。

搜篋呈紅條，爲異日扁舟中光華，可哂收也。不宣。

乙亥孟夏之望，世講弟朴珪壽頓首。

與洪一能

三斯尊兄知己閣下。

逢人從貴鄉來，輒憑問近節，皆云"年來衰落太甚，又因寫碑臂病，不能作字"。念此是老境例有之證，所不得免，但知舊之心爲之悵然，奈何奈何？如零落諸友朋，縱使今日皆在世間，與共晨夕，終無此去三二十年團圓無缺之理，亦竝付之"太上忘情"可矣，奈何奈何？

科儒坌集，正苦相對沒趣，乃忽有客袖出兄書，兩眼爲明。雖字是倩寫，文是呼出，欣慰可敵對晤。

另示經濟、利用、厚生之具，此爲兩家先德平生苦心講究，何嘗無一二件試之果然者耶？陋俗終不效法，皆歸束閣而止，若廊廟謀國之地，視此等爲不急。凡於年使之行，所汲汲者，別有其物，別有其事，竟無暇意到。從前如此，誰能辨此惑而開此路耶？年少時每歎及此，思欲親見其"一變至魯"，到今志氣頹墮，遂竄之一邊。非但如此也，經閱旣多，竟無可奈何而已。今承盛論，只發浩歎。

至若婦人服飾，此亦家庭夙所講劑。弟於弱冠時已有
著錄一部，考據頗詳，而此非一人一家可得私自行之，則亦
只以自娛於楮墨間。向到燕中，又目見華制，與結識諸君，
叩問南北俗尚之異，未嘗不旣詳且該，而亦空言而止。

近日又有大可駭惋者。凡洋畫之自燕來者，觀彼夷女
服飾，則何故與我邦酷似如此也？少者短窄襦也恰似焉，
大裙棚張也恰似焉，老者之襦稍長而裙稍短，亦與我東村
舍老婆，無不類焉。以至頭上所裹，宛然無少參差。絕域萬
里，東西之別，無復可論，胡爲而與我邦相似乃爾耶？

愚則曰蒙古太祖曾竝吞歐羅巴各國，而分封諸子，及
元亡之後，各國次第逐而除之，然其俗尚襲蒙制於婦人之
服。今吾東婦服，亦元公主東來之故，而俗襲麗朝宮樣也。
是故東西界萬里絕域殊俗，不曾相過，而乃其不期同而自
同者如是也，此豈不駭惋嘔逆而不可堪者乎？士大夫苟知
此故，則不可一朝因循而不思變改也。

但此等議論，未敢輕易發口者，誠恐其變改之不能悉
合古法，而凡於變改之際，反復訛謬者，每多見之。用是默
默，但已柰何？

長春寺劉太后遺像，弟亦曾拜謁。見其安奉櫃子中，
有一新摸，粉墨如昨日斷手。怪問於主僧，僧曰："舊本渝
黦，故改摸而供養，今逢東國大人來謁，故出揭舊本耳。"
其言可感，又可見華人之心，尚存明室也。

出阜成門，八里有慈壽寺。寺本萬曆間剙建，奉壽皇太
后【神宗母后】像，歲久煤弊，嘉慶間趙懷玉號味辛、法式善

號梧門，爲之重裝。今又弊弊，弟歸後不能忘焉。

及在滇藩，貽書於董文煥、王軒諸君，送白金五十兩，求爲改裝。兩人者竟爲我成其志，仍有詩文記其事。中原士友之爲遠朋料理此事，重可感歎，而弟亦與有榮焉。此事從不與知友說道，蓋恐翻轉不已，弄出唇舌，吾甚懼之也。今於兄書有語及長春寺拜像事，故聊此及之，願兄亦勿煩說人耳。

尹雅臨歸，忙草略此報安，恩恩不盡欲言，惟祈道體對時清旺。

壬申四月十有二日。

與申士綏

白描人物，畫家最稱爲難，此幅神品也，不可多得。鄭逢仙卽畫手歟？鑑賞人歟？兩面印章細察之，刻他紙糊粘者也，是又可異。而所畫王者未詳爲何代何事。

溫卿曰：「此爲帝堯氏也。」「何以知之？」曰：「孔夫子其顙似堯，今此像其顙甚似世間孔子畫像。皺紋滿額，聖人憂患，大抵必相似也。」此說極可一笑，然亦不爲無此理。畫者意匠未必出此，而所畫者聖人也，則亦未必不偶然自然致此法相也。

溫卿曰：「又有一證，今其階間所種四叢艸卉，不是蘭、菊，群芳之屬無足爲殿陛之飾，而其葉必皆十五，何也？是必冀莢也。而一叢則隱蔽於砌傍，雖未盡寫十五，而亦必如三叢之十五無疑也。”就而數之，果然如此，溫之鑑賞，亦難得矣。

侍立宦豎之冠，曾於焦弱侯《養正圖》畫唐代故事，有此樣。而持如意人，宋代幞頭也，其展角不似舊法。階下恭立人，巾是唐樣，帶是明制也。卽以後世論之，亦可謂古近相雜。而王者所戴之爲冕無疑，但其綴旒未滿十二，且帝堯時安有冕乎？以後世儀物冠服，畫三代故事，畫家每有此弊，不可一一責備。

且中國衣冠，一自紅帽、蹄袖以後，僅寄仿樣於場戲砌抹間，日以訛變，全非古法。則雖以李榕邨之宿儒，而其論冕服，令人瞠然，況畫史之流乎？特不過從其耳目所及，自以爲古製皆如此也。今若以衣冠之詭異也、漂到之自遠也，而致疑於海外他國，則大不然矣。

畫幀完璧而順手寫此一段，更看之，合刪潤作一畫跋，覽而還之爲望耳。無聊事如此也。

與南子明

異域歸來，家國太平，欣豁之極，殊堪相詫。連得家弟書，輒云“親戚知舊均此平安”，伏想定省萬安，棣體康謐，仰賀且溯。

記下生銜命往還，已費半年光陰，值茲暑令，而幸無火傘泥海之苦，得得往得得來，固王靈攸暨，而亦非始慮所及也。

熱河奏覆動費旬日，諸司舉行亦覘綱紀，所以復路之淹滯許久，而在我遊賞追隨之樂，則亦得其便宜。但可與結識者過半回籍，又多隨赴木蘭，可謂太寂寞矣。多少只俟合席，一日暢談，今不足云云耳。

過瀋陽一日，店中夜步庭畔，仰見天衢，有疋練之白，謂主人曰：「是甚麼星？」店主曰：「是掃賊星。」問：「何以知其為掃賊也？」曰：「年前如此時，盛京將軍榜示民間曰『掃賊星出現，不久當掃除天下之賊，百姓毋恐也』，是以此地人皆知其為掃賊之象耳。」那將軍未知為誰，而在姑息鎮物之道，則其說亦復不妨，不必專出於詼辭。彼中事勢大略如此，善覘者推此一語，亦可知其他耳。

今日渡江。久客之餘，咸思兼程疾馳，不日到京，而愚意則不必然。此時此使之無他事好往還，遠方觀瞻者何能知之？奔車趕程，恐礙聞見，不如依例按站，未知同行肯從吾言否耳。要在不久拜展，姑留不備式。

辛酉六月初一日。

又

間數次造門屏，值駕而退。歡聲協氣，春晷政舒，甚喜閣下之亦拋書出門，不敢以為悵也。

微雲欲雨，孤懷悄悄，伏承委幅，既審日來崇度無甚損，且獲新抄善本書，甚幸甚幸。順手披翻，瀏目縱覽，雪泥舊迹，若可數焉，且喜且悵，何以名言？

書手固極妙矣，而但誤字似不尠，原本太細，不能精較之故歟？此不可不亟令粗解文理人，對讀一較。且既有更謄一本之盛意，隨即下工為好，故即便還呈。幸較而謄，謄而還投如何？此書獨翫無味，溫卿今日就直，數十日可歸，不必於無味時空留之耳。

窮耳目心志之樂，行祈天永命之道，實實有此理。繪龍繡黻之服，魛魚鷧鳥之玩，皆非甚緊切不可廢之物事也。推是類也，亦更僕難數，而舜、文為之則人無二辭，是必有所以然之故，可勝言耶？苟不然則腊肌胼足，不遑暇食，何乃自苦爾耶？好呵好呵！

然又有一案可疑。向觀圓明、暢春諸處，雖敗礫殘甎無可領略舊觀，而若以擬之於建章之門千戶萬，則恐有不佯，豈措大眼孔太迂闊歟？又呵又呵！

燕奇有入聞否？匪擾似尚未熄，為之悶然。適有客擾，草率不備。

又

刻底承覆斷論數部書，可作《總目提要》，不亦快哉？

李氏之學，亭林之所不相合者也。然其苦節烈烈，要是

炳朗後世者。故所以亭林雖所學不合，而《廣師》篇中許以
"堅苦[3]力學，無師而成，吾不如李中[4]孚"。此等人物，不必
論學術如何，而得其殘書斷篇，皆堪寶重。沈君之贈此帙[5]，
蓋亦此意耳。

苗書，愚論亦如此。样溪丈曾見之，他日相對，論其得
失，而茫然不知爲何論。此丈則似有見得於此學耳，然吾不
望洋者，以屠龍之技無所用故也。呵呵！不備。

與新箕伯某公

仄聞本營軍器別將，變通作新延通引例差之窠云，未知果
然否？此事關係不輕，則不敢顧越俎之嫌而有此仰陳耳。

大抵所謂通引，雖有蒼髯抱孫之物，本自童子之役也。
新延迎來之後，給以優窠，元是可笑之事，而列邑如此，各
營如此，便成一副例規，則不必更論。而若復加給優厚，事
甚無謂。

本營則補膳別將也、色吏也，本是最優之任，未知始
自何時作爲通引新延酬勞。挽近又添給執事一窠，在渠輩
厚且厚矣。今又生意於加給優窠者，誠是無厭之甚、無嚴
之極。

---

3 苦：底本에는 "固". 《亭林文集》에 근거하여 수정.
4 中：底本에는 "仲". 《亭林文集》에 근거하여 수정.
5 帙：底本에는 "秩". 문맥을 고려하여 수정.

而至若軍器庫者，內而一營軍物之典守，其任非輕；外而列邑月課之造備，其責非細。錢貨之捧納、銃藥之頒給，許多舉行，莫非至緊且重。這間作奸生弊，從又不一其端，則雖勤幹老校十分擇差，猶不可任其所爲而不加糾察。故每每操束申飭，少不謹愼，則棍汰勿恕。然後可免臨事狼狽，此爲一營中最難放心之窠也。

今乃作新延通引酬勞之窠，則肩次隨行之輩，本非擇人之類，而都是酒色雜技沒知覺者也。此輩一邊使喚奔走於左右，一邊守直總察於庫務，其勢未由，則必也賣其窠，又或使其支屬代行矣，誰能質言其得無弊耶？以最緊重最生弊之庫，付之此輩童子之役，一營軍校，又豈心服乎？到底思量，實未見其得當。

而況今軍物一事，爲國中最急最重之務，本營又是一路根本之地，許多軍物既繁且多，而從前百弊不可勝言。近又自營造銃，以頒月課，則錢貨出納，比前尤多。錢既不少，而年限又寬，則中間取殖，視爲利窟。此所以營屬之流涎於此庫者也。

臨歸時所差別將崔某老客也，渠則借名，而其子崔志岳爲名者，手巧極精，能造諸般金銀銅鐵之器，又能善於煮硝，事半功倍，爲人亦甚精細。故求諸一營可試用於軍器事務者，無出此右，而方在喪中，故所以差其父而使其子任其事務也。此事委折，或未及燭察，而遽施仁政於通引也。弟之今此縷縷，非欲復差崔某也。雖非崔也，一營老校鍊習軍務者，豈無可用之人耶？

蔽一言，西門鎖鑰之地，儲胥陰雨之備，付之通引，作爲肩次例差，萬萬不可聞於他人，而況弟之遞來屬耳？則來頭庫物蕩然，生出大頉之日，但稱“自己巳年始逋”云爾，則弟將蒙其累，而誰能辨其月日先後耶？此非但爲明公力言也，亦弟所自爲他日之慮也。幸千萬另量，亟加還爲變通，切仰切仰！

弟之來時所差諸校，一不遞易，實感交承厚念，而此則可謂存念過厚也。次次遞易，有何不可？弟亦豈以此爲如何耶？至於軍器庫一事，事係軍國重事，故敢此張皇，幸深量之，如何如何？

與知舊諸公，論石尙書畫像

流寓之族，式微已久，思欲自明世閥以破群疑，是亦人情也。然而每見如此之人，不無杜撰傅會之弊。蓋其譜系也、家乘也，雖隻字片語，苟其眞迹，則自足徵信無慮，而鹵莽之見，輒患其草略，乃以荒陋之筆，妄加增衍，眞僞錯雜，瘡疣百出，使其一二分可据之眞迹實事，盡爲謊說所掩，而同歸於誣罔。今此石氏家乘，卽其尤甚者也，令人不堪挂目，雖謂都是僞撰而僞冒，亦可矣。

然而不可一筆句斷者，以其有家傳尙書公畫像，決非能偸摸而僞托也。無或尙書子孫一出東方，隱淪畏約，失學椎魯，即其勢也。若曾若玄胚胎東陋，不復文雅，而自以爲發揮先美者，乃如是耶。若然則於其詭誣譫妄之中，或不無一二可据之眞正面目，雜在其間，此不可不俟具眼之君子平心而徐究之耳。【允植按：石尙書星有大恩於我東，遭讒不終，《明史》無傳，遺裔飄零，先生嘗慨慕不已。至是石氏家乘及畫像出於石泰魯之家，世皆疑之。先生以爲家乘多杜撰語，而畫像則是眞非僞，論辨諸條甚多，不可盡錄，只錄其首篇。】

與申幼安【戊辰】

慈壽無彊，鴻號加隆，稀有慶會，中外歡忭。臘天如春，伏惟台體動止神勞豈弟。

　　清溪一區，好作僻奧別界，塞兌垂簾，調養何如？越陌度阡，枉用相存，竝無其人，則亦云不堪，差可爲悶。

　　弟無善可述，有惱難遣，無待楮墨，想在默照。屬此歲晏，京國之戀，自不可禁。對叙一笑，亦必不遠，竝可略之。惟祝新年百祿。

又【以下辛未】

數日來頗和暖，今朝濃雲密布，一雨則將見柳煙籠堤。此際懷人，政復難遣，惠緘到手，喜出望外。台體上任淸旺，尤慰誦萬萬。簿領整頓亦次第事，何足云云？

　　青門送人，自是難爲情也，而旣送吾兄，又送吾季，歸來盧堂，春晷之長倍於夏至，悵悵無聊，乃如是耳。

　　溫卿上官當在初七，欲於來望後還家，情理事勢，不得不然。而蓬萊池閣之晤，似未能春夏卽圖，是爲欠事耳。

　　赫蹄往復最是便好，雖天涯亦比隣也。隨襯每用此法是望。

　　松石有酒相招，方欲赴之，臨紙尤覺悵惘。

又

宋季重卸直歸來，盛說池閣拜晤，清趣無限，甚令人神往也。肇熱頗苦，伏惟旬體動止增旺。蕭然簾閣，攤書多暇否？仰溯自不能已。

　　弟有衰狀日增，無一毫可意，弟兄分離，老懷盆難遣日。前見書四面疊嶂，竟日惟有黃鳥聲，了無一塵到眼，更不禁健羨也。

又

居然夏序且深，榴熱方盛，拜審玆際台旬體神勞豈弟，仰喜何等？

以疾喻治本是襯合，而着手不得，奚獨貴處然耶？但治道終有蔚然興廢之理，而吾輩竟無還少丹方，此最悵然。圉老所云"囊中無藥可延年"，恰爲吾輩道耶。

弟於舶擾之來，最有狼狽，旣無敢求暇往伊、峽，一也，不得飲鹿紅，二也，砲手調發去，并他日斑龍頂珠而不可得，三也。劇呵囊中無藥又如此矣。

玉垂老友做樂正，導以總角五色絲笠子，橫行大道上，胡爲有羞澀意？來問於肅謝日，具此儀可否，吾盛言其不可廢已。以此出肅，姑偃蹇不出門耳。來紙當轉呈。餘燈下揩眼不備。

又

潦暑纔收，秋光在林，蒼葭白露，夢繁懷人。但此屬江湖鷗鷺伴，恐不襯燕寢清香地。然則只可曰"花縣當君行樂處，松房是我坐禪時"，未審如何？在元、白當日，是尋常語，今却不然，不可無一篇解嘲文字，又未審以爲如何？絶呵絶呵！

石林簇谿，籬落相接地也，聞將置屋於此間，漁樵結隣，何樂如之耶？葭露本分，還是伊人，又安得不我夢正繁耶？

比來旬體萬旺，簿領旬當，不須煩問。而所云"凌雜違黃卷"，當漸覺吾言不虛耳。適逢信便，略此報安。

又

清溪翠壁下，忽見雲蒸龍跳，甚是奇事。歷多日莫究其象，今得之矣。滿天餘霞，蓬萊醉詞，豈非吉之先見者乎？謂之讖則語非雅矣，然不期然者，未嘗無此理。

大抵雖膠擾煩惱際，平居涵養深厚，發言吐辭，自得和平可樂。若但道氣像好時好事湊集，則亦俗耳。

令孫還侍已久，想榮今愴昔，懷緒無窮，仰爲之耿耿。

秋涼頓生，伏祈台體清旺，宿疴日退，餐衛勝常。餘萬自非穎旣，姑閣。

又

書發秋晦而無語到溫卿，想伊日尚未上謁也。伏承台體神晏，可與東籬金英爭傲霜風，甚盛甚盛！

陋句誰人誦到二百里外？必玉垂消遣法也，好笑好笑！

弟數日因房室清冷，天氣忽嚴，未免感冒，方呻痛可苦。伊守昨今可歷入此處，而姑未聞動靜，又可鬱耳。

又【壬申】

承見前月晦日惠書，尚稽修敬，頗有宂擾，且懶習益增乃爾耳。榴熱梅雨，台體近更清寧，新恩、新婦同日到門，想榮耀嘉悅，不比尋常。老境得一可意事，心怡神泰，便是養生妙詮，是又仰賀仰賀。

弟與溫卿相對數朔，日昨發還伊珍，想可今朝到邑，中路必遇雨辛苦，且悵且慮也。鹿養茸政是當節，而以去年不見一枝茸，推可知今歲又如此。且其行不爲此事及時而往也，曠務既久，雖閑邑亦豈無滯事？而且乃兄出疆不遠，勢將暫往，趁其時又當入都，所以卽今還官耳，幸諒之。伊時又許由暇，如何如何？

一日淸朝無聊，出閱華人往復書牘，忽然起再遊燕邸之想。疾磨墨作書，上石坡丈矣，一言卽諾，遂得使銜。或者以老人妄擧疑之，是殊不然耳。偟偟然屋裏坐，虛度光陰，孰如輕車熟路，多逢舊識，暢懷談笑？其樂不勝言。且雖不無晚暑早寒，而皆可於我境度過，并無相妨。是以奮身勇往，未知台兄以爲何如？

七月初二拜表，歸期可在至月念間。溫卿必於六月旬間還家，可點檢行裝，送我而以後，則似脫屣在家爲得計。但債臺可苦，未有掃淸之術，是爲悶，而亦不暇計較也。弟行前又必有幾次往復，此姑割蔓耳。

又【以下甲戌】

新年第一度二度書函，并封而至，伏審台體納福迎禧，起居餐衛大勝於去年，西民之福也，獻賀曷以爲譬？

另幅錢弊論也，可作桂田翁文集中雜著，甚盛甚服！文字之外，精力之溢見於筆墨如此，雖每承衰病不可强之敎，從今不復奉慮耳。

弟眞是齒與衰而俱添，見狀益無優閑之暇，悶懣難言也。承書而擾未謝，今逢老別陪來索走筆，姑不備。

又

日昨謝函，計已閱覽。今承台安，慰頌已多，而五葉敎示。仰念此際煩惱，亦他時所未有者，綜理微密之筆，又帶詼奇，於是乎知君子無入而不自得。精力加旺，充養有素，欽服何以具述？

諸條未可另答張皇勞筆墨，故輒敢傍評以呈，何異對坐談討耶？望覽後還投，以爲作帖，時時替面之資如何？

又

伏承惠書，敬審日來台體萬重，仰慰且頌。春寒雖峭，節候自行，江柳搖村，白水遶郭，漸有憑欄遠眺之意，未知亦能有此暇否？

人謂"監司體重，不可造次移步閾外，當持重危坐終日

如泥壕，方可也"。弟本燥妄耐不得者也，到任三日內，已
遍園亭池閣。自是以後，遇風日稍佳，便信步由北庭薔薇叢
邊，直走出日涉門，侍姬、印童，跟蹌追之。日或數三如
此，然未聞土人以此謗我，未知明公以爲如何？呵呵！

又

伏承比日台體康重，仰喜。令孫歸侍似在今日，欣悅可仰想。

　　春滿江城，百花齊放，雖簿領恩恩，可有一再憑眺逍遙
之樂，而默想風流蕭索，甚似愚生之困於當百時。大抵吾輩
胸中遣不得"錢"一字，此何故耶？向於公座，戶判、畿伯就
領相前，將有所白事，亦要右相傍助其說。右相整襟曰：
"士大夫平居，尚不宜開口便說錢貨等事，今乃於廊廟之上，
日日講論，只是錢貨贏絀，誠不勝慨然。"一座大笑。今念
湞上風物，又爲之一歎，奈何奈何？

又

江城春深，雜花滿樹，粉黛、絲管，非無可悅，不知緣何憑
欄縱目，嗒然若忘。此爲瓛卿曾所經歷，竊想今日桂田尙書
現前光景，亦復如是。滿紙蠅頭字，搔破我渾身癢處，竟亦
何補於事？

日前憑謝幕客書，投一句妄發，兼報不快意消息，可先此覽下也。即承比日道體康重爲頌，餘具另幅。

又

浴佛翌日書，十一承見，知辭疏到院，欲見批敎後修謝。今見隆旨鄭重，雖切與榮，而於大資轉益罔措矣。坐邀異數，無報效之道，則不可如此而止，益歸不誠實矣。愚意繼此更陳必辭乃已，在當然底道理也。幸圖之。

又

多雨而熱，夏令方盛。伏承台節至以疾陳章，豈可用萬安等字，爲發函頭語耶？仰切悶慮。

伏念聖批有訝其荐陳之意，尤不勝悚然，然亦復奈何？今人之見，只以自該處從長措處，爲一片拒人之語。從無爲聖主一言者，先自賤臣，而何得辭其罪過耶？不備。

又

雨淋淋熱蒸蒸，并非夏至時候，損來车必矣。占有秋始自麥稔，如其未者，老農之言以爲何如？

　　拜審台安乞解之章又到矣。雖恩批鄭重，而廟堂所劃，又不得準施。此事轉益重難，不知將如何處之。憒歎不欲言耳。

又

昨於回撥方基弘付一書矣，想入覽。而弟所張皇都是癡人夢譫，可笑可愧。

　　大資平生讀書，桑榆晚景，方謂有受用處，此知舊謬計也。詎意轉益艱難惱悶，無下手地乃如是耶？無如何貢愚之道？抑且此都是弟冒匪據之咎耳。

又

承十二日書，此前後諸函，可悉入覽矣。雨太頻，熱又旱，伏審台度概安爲頌。

　　來教纚纚累百言，整整筆畫，每仰精力到底。目下句當，極可煩惱，而不見有皺眉色，非如弟燥擾人所可及，此喜不可以文字盡記耳。君子之無入而不自得，故自如是。弟非敢諛辭也，卽以自勉，以爲如何？

又

劇暑如在烘爐中，承讀惠書，覺風生簾閣，兩掖仙仙，一貼清涼散，不足喻也。

行止去就，欲其得中，此與友朋講磨，自昔有道，莫不然也。然亦衰世事爾，盛論所云"此間有至誠惻怛境界，直可以流涕"之語，寫出屈大夫熱腸，何以曲盡乃爾？

平生設以身處於此等境界，作此等商量多矣，然皆非眞境實際。今乃躬履足涉，又極沒奈何，政以爲往來憧憧，不自安排。今於一篇文字，頗可識得如何道理，甚幸甚幸，而且深服吾兄讀書，眞乃有用之學也。

旣奉覽書函，置諸案頭，日擬修謝，朝涼爲客擾所阻，稍晚汗流遍體，莫可握管。今又便人來討，忙此草草，不盡欲言。順頌道安，仍祈以時加旺。

又

立秋後雨如翻盆，熱如投甑，尚未見清涼點風，平生剙見也。人老於一寒一暑久矣，若每歲之暑，皆如今夏，則見今七十老人，皆不得度三十五歲，早已化去也。極呵極呵！

伏承台體亦不耐此蒸濕，然字畫如鐵，文理整暇，是可仰賀，欽羨不已。弟觀此走筆荒率，可恕其不堪揮汗，而諒其衰倦厭苦耳。

又

秋涼漸緊，伏惟台體神相，仰溯且頌。諸事次第句當，秋風且動，蓴鱸之思，得不撼人孤抱耶？弟此際心神形殼，無一可安，只有投劾抽版之念，庶默會也。

又

霜落蒹葭，歸雁橫空，伏惟茲際台體當浩然無胸中累，不亦可樂乎哉？惟仰念閣患可有勝節，不至五百里撼頓爲慮，則幸何如之？以是憧憧耳。

弟日前陳疏乞退，批旨未允，今朝再申前控，方顯若愈音也。

又

廿三惠函，廿五拜承，亦云神速矣。霜風高潔，台體神晏仰喜。第閣患尙未快安，半千路程，將何以撼頓還第？不勝貢慮。

弟廿六日呈第五丐免疏，幸蒙恩諒，此心感戴，如何形喩？想台兄遙爲之喜不自已矣。

又

承書近旬，未卽修謝，蓋爲拜敘不遠，雖省一番筆墨，無不可耳。今來討答，茲數句報安。

信後寒緊，台體更何如？須代最可苦，空費多日是爲仰念，寶眷平安還宅，獻賀獻賀。

弟劣劣無好興味，只以卸免爲幸。盛喩"進退際眷戀悱惻"，固忖度之深，而非卽日江湖，則亦何論及於是耶？

又【以下丙子】

早赴公坐，日暮乃歸，歸輒委頓，蓋已過旬餘，無日不然。昨承下翰，豈不卽復？而旣有奉行台敎之堅定于中者，且事時急，果緣憊不能握管。今又承書，不勝愧悚。第審台體崇安，慰頌何極？

弟狀在默照中，不煩泚筆耳。

又

桂田大人台兄閣下。

昨汕北老兄歷存，憑審邇節，又奉崇函，久阻餘信息甚大，欣慰之極，曷以名言？春風多厲，道體萬祉爲頌。

花明柳暗，好是江村景物，倚筇注目，無與對酌。此際想厚誚我不能勇決，又安敢自恕耶？

"我家西子湖邊樹，淺碧深紅二月時，如此江南歸不得，軟塵如粉夢如絲"，此爲潘香祖詩也。潘是粉塵絲夢中人，尚有此等語，夫我則何曾係戀低迴，而乃不能惟意所欲懊歎何極？庶可默照此苦也。

自正月來，非無可相奉聞以破紆鬱，而筆墨之事，去益極難，一切闕如，又當怪其無意太甚矣。既拜壽閣，又率稚孫，從今遂成繫籍老人，不可復作少年。幸此孫頗有可望，儻能典守渠家文獻，亦可無憾。今盛詡如此，心中歡喜，當復如何？

汕友往還幾次，山中似不寂寥，此爲可幸。歸川晚年光榮又曾所罕覯，巾車扁舟取次逢迎，此可爲怡養適性耳。

每見老人腳步不利，多因習靜安坐，下部無力而致之。竊恐大資不無此慮，須時時移筇遠近，亦養生一法，以爲如何？

弟只是漸就衰耗，無疾苦，惟時時心病發作，無術可醫。是則雖吾兄愛我之篤，無可警告，奈何奈何？與汕友言四月清和，江色瑟然，或可乘興溯流，作幾日追隨，然亦漫想漫語耳。萬萬都閣，不備上謝。

又

孟夏艸木，繞屋扶疏，正是臥觀《山海經》、周王傳時，未知柴桑村亦門臨瑟然清江，如今石林簇溪否耶？溯洄伊人，未必蒼葭白露助人意思，況復桃花流水，鱖魚方肥者乎？杖策村西，想發歎延佇勞也，卽頌道體安旺。

弟閑無一事，奈有形役較心役？似不至疲惱，而老矣亦自不堪耳。

又

便來承膽示文字，奉玩之際，不覺高聲大讀。此文他家之作亦多見之，從未有此氣力，有此神韻，有此義理，有此排鋪。蓋莫不用力爲之，何獨此作乃爾耶？

此非他故也，平平不求氣力神韻，而只敍述無遺，自然如此。是以操筆爲文，必求許多假借生色，不唯非眞文章也，卽文必不佳矣。

弟文債如山，日被人困督，此又老後多事之一證。雖居鄉亦必不自在，況雨暘更關心者乎？

回便伸謝，順頌道安。

又

纔見微涼，彌切一帆溯流之想，朝起承有下函，喜先於開
緘，伏審台體康旺，尤以喜幸。

暑天光景，七十年初度經閱，言之支離。患痢餘祟，今
已清快無虞否？重爲仰念。

弟一是漸儱困頓，憂惱疲餒，無可爲樂，不知是何身
分，不知爲何絆纏。種種都非可堪，豈不在默照耶？亦言之
支離耳。

又

前承委函，病劇未謝，從學官仰告，想恕之。卽又拜審窮陰
台體康旺伏頌。

弟病發於積祟暑濕。老人深秋殊非輕症，則病者已自
疑，而華城無素識醫人，猝逢一老客，頗鍊實可信。然彼視
我七十翁，一可慎也；位尊官高，二可慎也；不知平昔素
稟，三可慎也，乃不敢下滌蕩之劑，只因循彌縫，遂過旬
日，則已失時矣。

歸家而素信醫人，又爲經臺帶去，於是乎衆論多岐，雜
試無漸，繼以蔘、附、桂、薑。吾心知其不然，而又不能自
主者，大抵一時厄會，有免不得者也。好呵！今則頗有動
靜，而終未敢質言其霍然耳。

病中把筆，初欲數字而已，忽此牽連張皇，此亦病氣也。荒雜如此，甚愧。

大貲一幅花箋下，得細楷如貫珠也。把來書審視百回，每不見符到之期，而輒云"惟俟符到"，何也？大抵此非吉祥語也，則俗云"多作了局語，爲第一度厄長年之道也"，無乃台兄計出於此耶？竊惑焉，願勿復如是也。又呵又呵！

方自登溷下，乘隙疾寫，不備。弟珪壽拜謝。【丙子至月初三日】

瓛齋集

卷十

書牘

潘南 朴珪壽 瓛卿 著

弟 瑄壽 溫卿 校正

門人 淸風 金允植 編輯

書牘

與馮魯川志沂

魯川尊兄知己閣下。

　　弟方出都時，兄有天津之駕，遂未得握手敍別，言念悵缺，何以慰情？抑或以不復跼蹐依戀，還爲快活耶？

　　念兄之行，初秋當已啓駕南下，而其艱辛險酸，比我輩特有甚焉。不知今辰住在何地，所任地方幸已收復，可望整頓否？如其不然，當棲棲作幕賓而已，其爲辛酸，尤不堪想到。雖然吾兄平生讀書，忠信是仗，受用政在今日，豈待故人仰勉耶？

　　每讀昌黎子"乘閑輒騎馬，茫茫詣空陂"，可念其情況何如。自古讀書之士，最多遇此等境界，無乃天意以爲不如是，不足現其奇節也耶？願兄勉之勉之！

　　年貢使便草此寄仲復兄，不知何時能討風便轉達，恐當以年計矣。天幸得有信褫，亦得承見德音，亦天外奇緣耳，安敢望耶？

　　弟東還以後幸無恙而已。惟冀君子之無入而不自得焉，統希尊照。

　　咸豐辛酉十月二十一日，愚弟朴珪壽頓。

與沈仲復秉成【辛酉】

仲復尊兄知己閣下。

初冬暄冷不均，伏問道體增安，公務不至惱神否？八月晦間憲書官便付上一函，已得照否？

弟憒憒依昔，惟幸無疾恙也。前在日下，得與諸君子遊，爲日不爲不富，而一出都門，回首追想，何其多未了語也？萬緒交縈，久難自定，譬如夢讀奇書，醒來依依，不知何日更續此緣。

吾東之士，生老病死不離邦域，局局然守一先生之言。雖然一鄉善士，未必無之，相與盍簪講習，固亦有文會友而友輔仁者。叔季以來此道亦鮮，竟不過聲譽相推詡，勢利相慕悅。竊恐中原士夫，亦不能無此弊耳。名利論交，君子所恥，去此數者，友道乃見。此所以弟之平生感慨，孤立無群者也。

今乃與吾兄輩會合於夢寐之所未及，睽阻於山海之所限隔，而爲之傾倒披露，繾綣依黯。惟是應求者聲氣之與同也，期望者言行之相顧也，於彼數事毫無可涉。然則弟之眞正朋友在於中州，而諸君之眞正朋友在於海左也，不審尊兄以爲如何？

向於談席，霞舉兄問："君之尊慕顧師，爲其合漢、宋學而一之耶？"于斯時也酒次悤悤，未及整懷，弟應之曰："然耳。"然弟之仰止高山，非直爲是故耳。讀《音學五書》、《金石文字記》等而謂先生之道於漢儒，讀《下學指南》而謂先生之宗仰宋賢，此政是王不庵所云"後起少年，推以博學多聞"者也。

先生所以爲百世師，却不在此，而如弟眇末後學，蚤夜拳拳，最宜服膺勿失，惟是《論學書》中"士而不先言恥，則爲無本之人"一語耳。"子臣弟友，出入往來、辭受取與之間，皆有恥之事也"，而終焉允蹈斯言，竟無虧闕，惟先生是耳。此所云"經師易得，人師難遇"者也。

今吾與諸君雖疆域殊別，而其嗜好則同也，其所遇之時，又未嘗不同也，甘苦憂樂，終必與之大同。是以愛好之切，自不能不眷眷于中耳。

東國士夫世居都下，不識旅宦之苦。若吾兄輩離鄉三數千里，糜宦累數十年，種種苦境，想難言悉。凡在如此等處，最難確乎不拔。

每讀貢禹乞骸疏，歷陳其車馬、衣食之所從出，有似太瑣屑。然而漢代淳質之難及，政在此類，即諸葛孔明自言"有八百株桑"，亦皆此意也。吾不敢以或忽細飾，妄置過慮於尊兄，而古來名臣碩輔許大事業，皆從微細處，積累而成，故敢以此期勉，想爲之虛懷而哂受也。

弟平生讀書，最難排遣妄念，其讀史傳更難於讀經典。凡於治亂盛衰、存亡安危之迹，每不覺設以身處之，而又或取而擬之於現前所遇之境界。轉覺胸中鬧熱，有不堪欽羨而艷歎，有不堪憂悸而太息。不知從古讀書者皆有此弊否？又不知朋友故人亦與我同此苦否？此宜一問於同志君子。又求何法可能除此浮雜，而眞得讀書妙詮？不審尊兄有可以教我者否？竊恐別無妙法可以相及，只是與我同病而已，奈何奈何？

年使之發，旣有期矣，理宜豫作書信，凡所欲言，細悉無蘊，而公私紛擾，不能偸暇。今乃握管臨紙，神思茫然，蕪雜牽連，無甚實語，尤覺悚仄。

魯川去後，有信息可憑否？同好諸兄皆得安善否？乞一一示及如何？今呈諸函，望一一傳致，俾我得其回音是幸。并封呈於吾兄者，以傳去之際，易致浮沈，且不宜煩諸下隸，慮不眞實故耳。

仍念吾東之士有日下交游，歸時兩相援据者，輒曰"人臣無外交"，以不敢頻頻往復爲義理，此最可笑。所謂外交者，豈人臣相交之謂耶？禮經本文無有是說。若如彼說，則是仲尼不當與蘧瑗通使也，叔向、子產、晏平仲皆不當與季札交也，豈有是哉？設或列國大夫有是說也，豈可比援於天下一家、四海會同之世哉？願兄無或爲是說所惑，每因風便惠我德音，如何如何？

臨便草草，不盡欲言。惟佇歲時之際，茂膺鴻禧。新春使回，領讀情函，至禱至禱！

咸豐辛酉十月二十一日，愚弟朴珪壽頓。

屢進書樓，旣不及求見令子昆弟，又聞令弟自遠入都，而仍皆未曾一面，至今懊恨不已。不知當時底事忙迫，乃不暇及此也。

且念與兄知契如此，而竝未曾奉請先德，此何異

"誦其詩, 讀其書, 而不知其人"者耶? 兹具鄙家先系以呈, 乞於覽次, 亦以尊門先系下示, 是所祈望耳。醴泉、靈芝必有其故。竝望轉布此衷於同好諸君子, 各有以寄示。不勝大願, 主臣主臣! 珪壽再啓。

"正色立朝, 家徒四壁, 引君當道, 民仰泰山", 此爲珪壽先七代祖汾西公爲其前輩某公贊中語也。每喜此語, 諷詠不已, 欲望兄爲寫一對如掌大字, 須用蒼勁筆畫, 見其書如見其人, 甚幸甚幸! 珪壽又啓。

又

新春道體康適, 闔署膺祉, 馳神頌慕, 何日可忘?

臘尾憲書官迴, 得吾兄仲冬旬一日所出答書, 備悉伊來公私諸節, 極慰懸仰之懷。年貢使不久東還, 又當承惠覆及同好諸君子德音, 企望方切。

不審緗芸、研秋、霞擧、少鶴諸兄均安。崷淮生、汪茮生兩兄近狀何如? 同此依依, 無庸各述, 幸一一道我意也。

前秋兄典試晉省, 甄拔俊髦, 鑑公衡平, 得士最多, 此所謂以人事君者也。甚盛甚盛! 其六十有七人, 乞一一錄示姓名。異日有名聞海外者, 如[1]昌黎子本陸敬輿所拔擢,

---

1 如 : 底本에는 "知". 문맥을 고려하여 수정.

得與陸公游者，不亦與有光榮乎？

東國取士亦有經義、論策等文字，而典型掃地，荒陋不堪寓目。欲令東士知中原程式之文，兄所取解元初二三場中式之券，乞倩人寫出，並移其圈批評語寄示，如何如何？鄉試恐未及有刻卷，儻有之，亦無勞寫出也。

諸同人詩選，可爲幾卷耶？因有贈答而得廁名於題目，亦已榮矣。儻或並錄其人唱和之什，低一字附書亦例也。弟本不工吟詠，向無所作，只有顧祠會飲五言一首。其原本爲研秋所留，而別寫一幅以示緗芸，篇尾聞有漏句。儻或錄入此詩，須取研秋所留原本，校訂爲好耳。

文山祠中拙筆，乃得籠紗護之，非兄傾注勤篤，曷能得此？感激之極，不知攸謝。先王父此文乃平心爲天下公論，海內之士來拜祠下，當有許以"篤論"者耳。

魯川信息有可聞否？彼處可稍稍整頓，得上任莅事云耶？前弟所寄書能轉寄否？諸兄發緘一見而傳去，亦無妨也。

琴泉近狀依安，每有文讌，只以日下舊游，娓娓竟夕耳。弟亦安遺無蟣，眷屬平善，是堪爲知己道者，餘外百無能事。唐人所云"自欲放懷猶未得，不知經世竟如何"者，卽書生漫勞思想，排遣不去語耳，聊復一笑。

今行使价可於仲夏東還，伊後惟俟年使之便，臨紙沖黯更切。

祈兄起居以時加護，諸君子均享吉安，諸惟情照。不盡欲言。

又

仲春年貢使回及進香、進賀二价之返，竝承惠答。天涯比鄰信息絡續，傾倒欣荷，曷以名喻？

夏秋以來，不審兄體康謐，茂膺多福，益勉匪躬，報答鴻恩，諸君子均享福利。

弟于春季有嶺南按事之行。蓋晉州民人，有不堪弊政，愁冤興擾者。弟承乏謬膺，幸句勘大獄[2]不至僨誤。歸棲乃在盛夏，始得見吾兄所答三函，知有易州承命事務。恐所遭值，大略相似，爲之一歎。

緗雲入贊樞密，霞擧新中進士，竝爲吾儕生色，仰認中朝得人之盛。但霞擧竟未入翰林否？是爲呎呎。晉試題名有董氏文燦，卽研秋胞弟也。會圍得失何如？更爲之遙祝也。

少鶴、淮生均未見答，情甚悵悵。

昨與琴泉乘舟賞月，達宵跌蕩。歸來聞憲書官告發，吾輩平安之信，不可不報兄，爲此暫伸耳。憲書官有異於年使，所去人員不多，往還迅疾，恐致洪喬，故不敢細述，但報平安字。雖然亦望俯答，毋惜金玉，俾得慰此懸仰，如何如何？

年使去時，當更修書，此姑不盡欲言。

壬戌閏八月十九日。

---

2 獄：底本에는 "嶽". 문맥을 고려하여 수정.

又

閏秋憲書使帶呈書函，可達覽否？夏季弟從嶺南歸，始承春夏來三度惠覆，至今披玩不置。兼承譜系之示，根深源遠，積慶未已，不勝欽頌！

伊時可望陞秩，且或有外遷之意，未知果否？何居？報國殫誠無間內外，而竊謂此時輔導聖質，政須學問醇深之士如吾兄者，宜日趨廈氈，盡乃啓沃，豈必以州郡方面爲自效地耶？

《帝鑑圖說》，曾見其俗話數釋，殊懇惻切實。今兄所注解，想必加精也。凡繪畫、故事最有感發興勸之效，如焦弱侯《養正圖解》亦見前人苦心，康熙中重刊最精，丁雲鵬繪寫、吳繼序解說俱堪味玩。或嘗舉擬進鑑否？

"一人元良，萬邦以貞"，今日在位諸君子責也。雖事不由己，力有不及，惟當隨處恒存此心耳，如何如何？每念前明張江陵，非無可譏，然其輔幼主，濟時艱，遂致四方無虞，民物阜康，功不可掩，而亦孝定李太后之賢也。向遊慈壽寺，瞻《九蓮菩薩像》，歎息低回者久之。像舊弊脫，嘉慶間重裝而藏之，別揭墨搨本供奉，法梧門記其事於幀傍。今不見墨本，而仍設畫本於壁間，塵沒煤黝，不幾何而將弊盡矣。如逢有心人，庶復得重裝而藏之，如梧門記中語，亦一段好事也。偶因境興想，牽連而及此耳。

前書所云"憂悸太息"、"欽羨艷歎"等語，弟不堪此幽鬱之病，聊以奉叩矣。不唯不賜以醫方，反謂"同病增劇"，不覺絕倒。

　　吾儕皆書生也，平生耳目心口，不過幾卷經史殘帙，癡情妄想，每在許大學問、許大事業，一一於吾身親見之。及到頭童齒豁，薄有閱歷，自應知其不可，而消磨退沮。獨怪結習膠固，迷不知返，發言處事，到底不合時宜，又不自悼，而聊以自喜。竊幸心性之交，同此病根，可謂"吾道不孤"，好笑好笑！

　　弟于三月承命按<u>嶺南</u>亂民之獄，論劾貪官墨帥，追鉅贓，清積逋，誅姦猾，而撫安窮民。凡所論列靡不施行，而忽咎在斷事稽遲，大臣至請革職。蒙明主諒臣無他，卽已恩敍，榮戴更切矣。然其到底不合時宜，此又可證之迹耳。吾兄聞此，何以教之？

　　<u>丁石翠</u>進士，弟所未曾相識，歸國後亦尙未逢見，想於他人乎聞弟之從遊諸君而躡其迹耳。凡東士赴京，苟弟同志，則必當先容於諸兄。弟素性狷澀，不敢妄有論薦，兄庶諒悉也。

　　<u>霞舉</u>中進士，<u>翔雲</u>入樞要，竝切柏悅。<u>研秋</u>學業有進，文彩風流，令人想見。今送諸君書及碑字對聯，望爲我分致之如何？

　　<u>琴泉</u>雖未曾遂計林壑，而對牀壎篪，逍遙自得耳。

　　<u>魯川</u>信息近復何如？聞以守城功得花翎之賞，儒生此榮，豈素計攸及耶？《咏樓盦簪集》已斷手否？弟雖不工吟述，冀得一本。仍念選詩之外，若復聚諸家文篇，選其適用文字，以刻一集，以續《湖海詩文之傳》，此似不可無者，未

知何如耶？

　　一歲一度書，積費企待，及臨便竟不免草率，無以罄悉衷曲奈何？惟祈道體貞吉，建樹不凡，明春回信，敬承德音，此不盡所懷。

外呈。《重峯遺墟碑》一本。

　　碑在金浦郡，秋間曾過彼處見之，托郡人拓致，拓工手拙，決裂胡亂。雖然僅可補合而讀之，其副本竝呈去耳。趙公爲東方名儒，竟死於節，如此碑者，以人而重者耳。

《眞澈禪師碑》一本。

　　此刻在後唐清泰四年，清泰本止三年，其稱四年者，彼時高麗未承石晉正朔，故仍稱清泰耳。撰人名字全缺，苟博考或可得，而姑未及耳。

又啟。先王父日下交游，如曹地山、尹亭山、初頤園諸公，皆聞望著於海內者。而其中有王舉人名民皞號鵠汀者，最爲至交，而未知後來宦業如何，亦未聞有著述傳世。幸可訪問而指敎之否？王是江蘇人耳。

　　王鵠汀之友有介休然，字太初，號希菴，蜀人也。乾隆庚子間，來住易州李家莊，著有《翁伯談藪》、《北里齊諧》、《羊角源》等書，寄在其友董程、董稽處。鵠汀云“其書必傳無疑”，未知此書曾行世間否？竝望敎示之。

又

今春貢使回承崇函，纚纚千言，情溢於幅，不知山海之隔，感歎銘鏤，至今未祛于手中也。

審伊時恩擢侍講諸銜，喜而不寐，非直爲吾兄進塗方闢而然耳，茅茹之征，栢悅何極？且審書意有"管見不敢不貢"之語，此必有論時務獻策之事。然則好一篇文字也，不得一讀，此心安得不鬱然耶？

尊府大人苍岐，今且七八年矣，曠省旣久，仰念兄情事切迫。推孝爲忠政在今日，以是自勉，亦可少慰望雲之情耶！

彼處頻驚風鶴，近得清謐否？更切心祝。春夏來道體安康？寶眷令子均福？

弟年來頗覺衰相，疾病頻發，惟恨志業之從而頹墮，每思奮發自力，安得左右良朋提警不置耶？

圖貌互寄本出弟意，語及琴翁矣。琴翁近又善病，興味蕭索，似不能經營此事。弟又所善良畫史，適在外鄉，姑未及爲之，必當遂計踐約，容俟須臾，如何如何？

《顧祠飲福圖》經營已久，此便是圖貌互寄也。默想諸君清儀，口授畫者，此乃萬無得其一分肖似。惟吾貌則庶可肖之，尚不能焉奈何？愚計欲呈此本，望兄之令善手一一肖諸君，更作此圖寄我，作傳世之寶，未審何如？然則或詩或文，諸君各有記識語，竝所企望者也。第此呈去，覽當一噱也，勿泛必副幸幸。

仍念諸君子文讌雅集，儻虛一座，認以璵卿在座，出談艸閱之，相與援筆答之問之，淋灕爛熳，弟於次便又復奉答。此與對畫懷人，却精神流動，豈不有勝於短札平安字而已耶？吾輩遙相質叩，不過經籍文字事而已，竝無所拘耳。今呈談艸數頁，幸依此賜答，如何如何？

祈春圃、董竹坡兩君平安？同志諸君子俱安吉？今便未修研秋、少鶴書，必同照圖本及談艸，無庸絮複故耳。

繡山、淮生皆歸道山，悼盡何言？淮生可謂沒於王事，可曾有榮贈否？有後人在故里否？紙短意長，草草奈何？惟祈仕履萬祉，回惠德音。

癸亥十月二十七日，愚弟某頓首。

亭林先生《下學指南》，不在於《十種書》等刊行之中耶？此係先生爲學正軌，而未曾讀過，殊以爲恨。想非卷帙浩汗之書，如有副本蒙寄示，何感如之？“人之好我，示我周行”，爲一方學者之幸也。

《日知錄集釋》向亦携歸細閱。黃汝成氏，誠顧門功臣。然其註釋處，往往有蔓及太多之意，未知論者以爲何如？

有人示一函書，籤題《傳經堂叢書》，匣中四冊乃凌鳴喈《論語解義》也。未知《傳經堂叢書》爲何人所輯？又未知凡爲幾種？其所輯錄皆凌氏書之類耶？凌是嘉慶間人，官至幾品，畢竟成就有何名節耶？

閱其書，蓋非闡明經術而作也。立心專爲詆罵程、朱而曲解聖訓，以就己說，猖狂恣肆無忌憚甚矣。漢、宋學門戶之爭，固非一朝，而呵叱醜詈未有如此之甚者，未審諸君曾見彼書以爲如何？

其門戶似是蕭山流派，彼所傳襲，必有所自來，而其所推重，乃以亭林、西河並舉而稱之，此又大可駭異。亭林之於宋賢，補闕拾遺，匡其不逮則有之，探原竟委，實事求是，以救講學家末流之弊則有之。何嘗詆背攻斥如彼所稱西河先生，而乃爲彼所推重乎？此在私淑顧師者所不可不辨，未審諸君子以爲如何？

王懋竑《白田雜著》凡爲幾卷？市肆中當有之，而向亦求而未得，前後托人求之而終未見焉。此公之篤實精博，並無門戶之見，最所欽服，而恨未見全書耳。

又

仲復尊兄知我。

徐漢山袖致我兄書。有幾番會合，其樂可知。弟獨煩勞夢想，可曾俯念語及娓娓否？敝邦朴貞蕤名齊家，曾於燕邸別李雨邨歸蜀，有詩曰："蜀客題詩問碧雞，韓人騎馬出黏蟬。相思總有回頭處，江水東流日向西。"今弟每眷斜日落月，未嘗不悵詠久之。 及漢山到京，此情尤不禁懸懸也，應有答信，凡諸近禧，姑不更請。

去歲呈談艸，其果蒙諸君子肯賜回答？ 是爲天涯如面之資，不比循常平安字往復耳。 一開此式，其於經史、道藝，質問叩辨爲益不少。 吾儕只以情好係戀，汎汎寄平安語，亦復何補於朋友之樂？ 幸念之念之。

弟近狀公私滾劇。家弟溫卿名瑄壽，曾已告之，日昨擢魁第，陞階爲兵曹堂官，榮耀動人。此弟差我十有四歲，孤露以來，弟兄相持，家又至貧，辛苦萬般。幸至此日，有此成就，莫非主恩也、先麻也，感淚自然注下，爲天下知己，安得不道此情耶？

《懷人圖》一幅，今始得良手爲之，付便呈去。望與諸君子一展而大笑之如何？ 老醜如此，奈何奈何？ 諸君子未能各修信件，因冗擾甚矣，幸兼照此紙。

霞舉素留心數理，亡友南圭齋尚書曾有神交，今其所輯書三種茲付呈，幸卽致之霞舉兄。 俟究覽後有以論其用力淺深，使我得知亡友精詣之何如？ 是祈是祈！ 弟本未曾用功於此事，故欲質之大方也。

《懷人圖》望兄不爽前約，千萬千萬，諸惟心照。 使回得承德音，此不盡欲言。

又

仲復尊兄知己閣下。

惟兄出都之歲，我先有書，未得回音，自此魚雁莫憑五六年，神交雖不在楮墨問存，亦安得不依依黯黯？今茲來日下，聞斷絃已續，掌珠可愛，殊慰遠友之望。

駐節上海，想此地方繁猥少暇，讀書受用，正在盤錯，幸勉之！務餘能不倦飲酒賦詩否？儻復有籌海文字，此為實用，瓛卿今日望吾兄，在此不在彼也。

弟再到而不逢舊識，撫念感慨，當雅量燭之。東望滄溟，雲霞寥落，只有一天明月，攛頭相看，當復有懷人作耳。吾今髮盡禿，牙半脫，然猶馳三千里者，專欲得逢一二故人，乃無聊如此。但願吾人益懋建樹，勳業卓然，甚副遠望也。不宣。【同治壬申孟冬】

與王少鶴拯

天緣湊合，得與兄結識，獨恨逢際間闊，卽有會面，亦甚恩恩歸來，天涯地角，良晤未易，此心恨恨，最有甚焉。不知吾兄亦同此依黯耶？

居然冬天，暄冷不均，道體清重，公務有暇，與同志諸君，屢有團樂否？溯念切切，每不禁魂神飛去也。弟歸來在途無恙，現狀只宂劣無足言者。

前聞申琴泉携歸梅伯言先生文集，　係是尊兄持贈也。
梅先生夙所景仰，而金臺山乃先君子切友也。梅公集中有
與臺山相屬文字，弟卽向琴泉取閱。見其編尾有兄題跋語，
讀之有不覺絶倒者。文字中所擧說金經臺尙鉉，乃臺山門
人也，而兄文乃以爲"金臺山子也"，若非於山字之下漏一弟
字，則恐傳聞之際，有所錯認耳。大作必有剞劂之日，幸卽
改塡以"門人也"或"弟子也"等字，如何如何？臺山是貫安東
之金氏也，經臺是貫光山之金也，竝非通譜之族姓耳。

經臺乃弟之至懽也，爲說此事，嘲謔無算。渠現今安東
都護府使，弟以書戲之日："此事惟我能辨誣於少鶴，俾不
至刊諸梨棗，他人不能也，必須厚賂我乃可也。"此間朋友
以是作一場笑話，好呵好呵！前所寫惠杜詩諸幅，張之壁
上，日夕愛玩摩挲，不能已也。

使車臨發，撥忙草此，潦率欠敬，不勝沖黯。惟希歲時
膺受多福，統冀崇照。

與薛淮生春黎

弟留玉河五十餘日，與吾兄交最晚。瞻望容範，忠厚款樸，
溢於辭色，中心悅服，甚恨相見之遲也。旣而行期卒迫，不
復得追隨之樂，所與遊諸君子，孰不在夢想依黯之中？而
唯尊兄更有甚焉。

聚散離合本無定局，旣非素所經營者也，又安知不繼

而有奇緣耶？以此聊自慰可乎？

冬候頗暄，不審道體清晏，分務有暇，朋友過從，更多樂事否。汪兄苿生平安否？遲暮公車情事可念。

弟東還幸無他苦。

年使將發，修此短幅，以表耿耿之懷，萬萬非楮墨可罄，姑此不盡。惟冀歲時茂膺休祺，統希尊照。

與程容伯恭壽

容伯老兄知己閣下。

"及此同衰暮，非復別離時"，政為吾輩道耳。人海結契與兄最早，而乃中間十載忽若相忘，再到續緣，殆有物相之，然一別天涯，黯黯猶昔。聚散離合本無定局，有如是耶？

居然歲周矣，冬天景物，宛是都門過從時，夢想安得不依依？此際道體康重？有何樂事為晚景怡養？竊念處坮而亨，君子所難，惟兄能之，欽服無已。

玉河枉車，臨別携贈毛褥，早已信傳金文園昆季，而兄之篤於友朋，有此至性，尤令人感歎，何日而忘之？道園近又移居弟之比隣，日夕相對，有才有學，克繼家業，邵亭真有子矣。他日羽儀遠到，可勝言耶？

姑一貧如洗是為可念。然貧是士大夫本分，何足云耶？念兄每勤相問，料關慮耿耿，故兹及之耳。

弟秋冬以來，衰頹更甚，百事都是厭倦，殆不能自强，良可悶也。

竊有仰煩者，弟前輩有尹梣溪尚書，經術、文學爲時鴻儒。今已致政閑居，從他人慣見老兄劈窠墨迹，愛好不已。又知弟之托契深厚，欲得大筆一聯，未知可肯允許否？但紙本不能備呈，此爲悚恧，不必求佳箋，卽文寶亦可耳。此君年今八十一歲耳，與邵亭故友，亦同好者也，幸念之。

年使將發，臨襯艸此悤悤。惟祈餐衛時序加護，使車之回，惠我德音，愚弟某頓。

與王霞擧軒

別後光陰更覺流駛。澹雲微雨，使車將發，回想過境，若可得致身於筠菴、仁寺之間，與諸君團樂也。聞東旅進館之日，想兄亦應作此懷耳。

秋冬來道體珍重？公暇究心定在何業？《貢範通解》恐是已有艸本於胸中者也，可已屬筆否？

弟之向來奉使也，束裝急迫，巾衍中不無一二種拙構，而亂稿塗乙，未暇整寫，是以都不得携去。歸後大擬寫出付呈諸兄請敎，而公擾私宂憂患疾，從以沮人敗意，今便不能遂計，甚是悵悵也。

弟有友曰南圭齋尚書，名秉哲，想兄曾從琴泉聞知也。博通經籍，留心經濟，兼精周髀家說。偶閱元和顧千里潤蘋所著《思適齋集》，見有《開方補記後序》，知《開方補記》者即陽城張古餘先生所撰。此友甚欲得見此書，未知吾兄曾閱過否？南君從弟而聞兄留意此學，要弟奉叩，苟可不難於求致，則爲之副其望幸甚！

諸所欲言，非尺幅可悉，亦旣悉之於仲復兄書中，逢際求見，可敵對坐筆談矣。

臨便艸艸，悵悵何極？惟冀歲時享用多福，統希亮照。

又

春間使回承惠覆，知兄抱西河之悲，驚心悼惜，久不能定。《孟東野失子》，昌黎公沒柰何强作慰譬語，只是日月頗久，其能付太上忘情？不以傷生，則知舊之幸耳。

不審夏秋來道體珍護，大耐官職，有猷有爲之暇，盍簪切劘，以張吾道否？

《貢範通釋》今到幾分工夫？可不久得使我讀之一快否？吾輩力能爲之者，惟著書一事，此亦大有數存焉，有其才有其時者，不可因循虛徐以度光陰。

弟在數十年前，聰明、精力猶能自詡。讀書之際，每有一部書往來胸中，部目、門類井井森羅，自以爲必能成就，上可補國家文獻，下可裨民生日用。詎知日月逝矣，歲不我與，薄宦糜身奔走，又多憂患疾苦，此事迄無所成？

每念前輩有許大事功，仕宦至將相，其暇日亦少矣，而隨身筆札、削稿盈屋，彼獨何人耶？望洋浩歎，自不能禁，願吾兄勉之勉之！

同好諸君子俱平安否？魯川信息有可聞否？每爲之耿耿。

弟年來覺衰相日至，鬢髮過半白矣，惟喜眷率依安。

南圭齋尙書歸道山，精博通明罕有倫此，今不可見，痛惜之甚，非友朋之私，奈何奈何？

琴泉多病，雖不廢吟哦，興味泊然，又爲之悶悶也。

順便略報近狀，餘可同照仲復兄書。惟希回玉。祈起居萬茀，不盡欲言。

又

霞舉尊兄知己閣下。

金石菱爲致春間惠覆，徐茶史來，又承心畫，種種欣荷，可勝言耶？比來冬令，道體增安，吉祥善事，堪慰天涯故人之望耶！翹祝不已。

研秋書以爲兄近頗力學古篆，雖魯川亦當讓與一頭，回憶松筠雅謔如昨日也。

家弟亦爲此學，甚有根據。欲悉取鍾鼎、彝器銘款，以寫《尙書》幾篇，若字有未滿，雖輳合偏旁，未爲不可，其說如何？且欲著爲一書羽翼《說文》，渠亦奔走公幹，迄未能就也。

魯川尚在廬州？近信何如？南方稍整頓，此君可有嘯詠之暇否？

仲復守制悼疚可念，聞餘禍有未已，爲之驚惋，時復往存慰譬否？

弟現任爲域內重藩，才薄力衰，已恐僨事，而憂虞溢目，不知如何句當也。秋間淇江有洋舶之擾，弟於此事素審之熟矣，萬萬無自我啓釁理，柰彼自取死法何哉？秋冬之交別有一種，又搶掠江華府，竟又被城將殱其渠魁而走之，然沿海戒嚴，不可少弛。此時方面，豈書生逍遙地耶？

緗芸行走樞要，想有聞知此等事，故於其書略之，且不欲屢煩筆墨。兄於逢際爲道及此一段，如何如何？於研秋、仲復，亦望同照此狀，想皆爲我憂之耳。

石菱妙年高識，將來可望，近信平善可幸。

年貢正使李友石尚書應相逢，其還眄望回音。祈順序鴻禧，不盡欲言。【丙寅孟冬】

又

顧齋仁兄知己。

春間使回承惠覆、《九蓮像重裝記》，心性相照，披玩不釋。

伊時聞貴鄉新經匪擾，風塵滿目，今可整頓弛慮否？

研秋隴西之行，我心悒悒不樂，豈動忍增益，將降大任歟？

魯川千古，仲復未歸，惟兄亦侘傺乃爾，多悲少歡，何以自慰？

隔年音信翹首側耳，僅得一度書，殊無可意事，大抵我一輩人命也如何？雖然硬著脊梁，不被外物撓奪，囂囂然古之人古之人，安知非天之畀付我者獨厚且深耶？惟兄勉之。

海秋老兄近況何如？亦應知此意也。

兄書云"年前三禮業已告竣"，未知有所著錄成書否？雖抄寫之稿不合出手遠投，盍拈出幾頁好議論相示耶？亦一開發切劘之益，絕勝述懷記事詩文之類耳。

弟箕都宦迹，今已三載，只愧素餐。春夏之交，西海一帶洋舶來窺，殊勞備禦。今雖遠走，其情叵測。今便卽陳奏此事之行也。

研秋相去萬里，若得海外故人書，其喜可知。今呈信函，幸呈雲舫尊兄，討便寄去，勿孤此情，如何如何？

又

顧齋尊兄知己閣下。

秋間使回得吾兄六月大雨中所作書，至今擎玩在手耳。"命能貧富貴賤我，命不能君子小人我"，三復斯言，懦夫可立志。尊兄持守，素所欽服，于今益知清苦刻厲，夕惕靡懈，我心之喜，夫豈諛辭？

君子之遇、不遇，非富貴貧賤之謂也，道而已矣。官尊而祿厚，乃或學未試而志未展，澤不及物，斯可謂之遇乎？"朝聞道夕死可"，無乃聖人傷天下無道不遇之歎歟？憶舊註有此意，可尋繹之耳。

道體近復康旺？貴鄉地方皆安靖否？

研秋上任信息何如？夷險向前毅然就道，必不待友朋箴勉，而去留之際，安得不執手踟躕耶？其去時有書於弟，求東人諸家詩，謂"將選錄爲書"。弟無攜帶官居者，略抄幾家，幷及先祖汾西詩，附以王父詩篇，玆逄去。幸呈雲舫轉致甘涼官署，至望至望。抵研秋書，兄可開坼一覽也。

仲復近得音信否？一向寂無所聞，悵不可言。或已入都，萬望致此意付一書相及也。前有書皆付其寓舍，未知竟覽否耳。

海秋、翔雲均安否？玉井文稿讀之，久益如見其人也。

弟尚靡平壤官次，毫無報效，因循姑息。乞解未遂，政以憂懼。明春準擬賦歸去來耳。

今去正使金尚書，名有淵，端重有質，與弟甚相愛好。儻叩門求見，可傾倒耳。

吾輩一年僅得一度往復，理宜豫修尺書，盡所欲言，而每不能如此。今又臨褾艸率，良可愧歎。略此報安，惟祈回便惠我好音。更願進修高明，深副遠望，千萬是希。【戊辰十一月】

研秋去時意不釋然，兄爲之隱憂，不勝感歎。今弟書略相勸勉，不知能當其意否也。又白。

又

顧齋仁兄知己閣下。

春間使回得客臘惠書，乃吾兄歸里後初信，而豫寄都門以待風便。此心此誼，古人所罕，顧我何人，使我兄傾注至此？感激之極，手爲之顫。

己巳春兄出都時書，弟在平壤承讀。竝有楹帖之寄，别語鄭重，至今莊誦。且聞猶子陷賊得脫，此實積德之報。念兄遙爲故舊報此喜事，篤於人倫，于此欽歎。

理宜馳書相賀，顧弟殃咎在躬。其年春在官署，忽抱西河之慽。納節歸家，萬念灰冷，一病浸尋，前冬使車，未能修一年一度之信，歉悒至今，想兄怪之也。

世臣之家，敎養成就一佳子弟，獻于朝廷。此爲報國深恩，且不獨門戶計也。忽此中折，事乃大謬，達觀理遣，我非不知，而終不能太上忘情，以是故耳。

趙副使帶還雲龕董兄書，且言"出都時聞其丁憂"。弟雖未接諤耗，不勝驚盡。伯仲叔子久已回里守制，幸無他虞否？未知齋斬所服，今雖修唁，不敢擧稱如儀，望示之。念兄居比隣，當時時過存，寬慰悍疚。且其讀禮中，多有講究，賴以塞悲否？奉念不已。

兄於前書云:"遊西嶽, 歷攬奇勝, 又多舊迹。"遙想應接蒐羅, 富有紀行, 甚盛甚善!"天脫羈羈"正在此日, 京塵汨沒, 得失孰多? 雖然吾兄亦豈一往果於忘世者乎? 究竟歸宿? 作何定算耶?

弟自遭逆理衰落日甚, 縱解藩務, 尚未懸車, 素餐之愧, 有負初心。皓首相憐, 惟此昆季, 無他子姓, 未立螟孫, 豈不悲哉?

家弟溫卿近嗜《說文》、小學, 著有《說文解字翼徵》。其書以《說文》字見於鍾鼎、彝器者, 比較同異, 辨證正訛, 足以羽翼經傳, 多有前人未發之解。書成, 姑未脫稿, 早晚可奉質大方, 仍乞一篇弁卷文也。

許海老方喜神交, 遽歸道山。玉井文稿, 雖是一臠, 可見其力追前哲, 造境高深, 云亡之慟當復如何?

仲復觀察江南, 翔雲出守川省, 舊雨星散, 魚雁莫憑, 回憶前遊, 祇覺惘然。年前一函, 值仲復未入都, 伊後備兵南出時, 想或留答而去, 恐不免洪喬, 尤悵悵也。

雲龕兄弟今旣歸里, 今弟此緘無人津致。念兄前書封面有張午橋先生字, 張君之爲我神交, 蓋已久矣, 今輒作書證交, 仍要張兄先坼此書閱過送呈。蓋吾輩往復無不可對人言, 況張君心所傾注, 未面猶面者乎? 使此友洞悉吾輩交情, 尤爲快事。且有另片奉叩語, 雖未及見兄所答, 而張君或能代爲之剖教故耳。

嗟乎! 霞舉任重道遠, 何曾是功名進取之云乎?"命能貧富貴賤我, 命不能君子小人我"前所示教, 靡日不三復永歟。吾人爲學已透此關，豈不大慰我心？大凡儒者事業，其能於吾身親見之者，歷數千古果有幾人？慥慥言行，畢竟極致，乃曰"世爲天下法，世爲天下則"。"世爲"二字是聖賢苦心，而學士、大夫沒柰何著書垂後之宗旨耳，惟兄勉之勉之！

臨便草草，無足相明，若兄垂答，須閑筆盡意徐寫，待褫寄來，多有以教我，是爲厚望。不宣。惟祝道體隨時萬旺。

【庚午閏十月】

又

顧齊知己足下。

弟今老矣，不當遠遊，惟生平以友朋爲命，念吾兄或復到都門。以是求奉使來，爲復續禪房文讌地也，乃此計不遂。雖不無新契爲懽，終不免悵悵然也。

嗜酒飲少輒醉，讀書不求甚解，近況何如？

弟尚能馳三千里，聰明尚可有爲，柰疏懶彌甚，不復有意書卷？恐我兄同病，能自彊研經有進否？

家弟用力六書，著有《說文翼徵》十四卷。願質諸高明，既未對訂，稿是孤本又不得遠寄，此又可恨。容他日復寫呈，不審那時復入春明。

果於忘世非賢者事耳。我亦置屋洌上佳處，頗有園林之勝，然林下無人，竟不免靈師笑耳。

寄片札藏篋笥，不如奉贈此幅，時對壁面，如何如何？荒率不足道也。惟努力崇明德，益自修省，無孤遠望。

與黃絅芸雲鵠

黃兄絅芸知己閣下。

秋冬以來，伏不審綵體百福。

弟東還以後，縱不無行邁餘㥑，今已清健無虞耳。每念山前水灣，築小屋如中原結構，安排得茶竈、書架，更有二三友朋如吾絅芸諸君子者，晨夕三徑過從不厭。此樂可敵百年，而不可得矣，此又吾妄想也。

讀書時每苦妄念，已於仲復書中道之，今此所云，亦與彼一般。兄可中心相照而一笑之也。

《完貞伏虎圖》詩若文，歸便托之友朋間，而姑未收得。容俟次便，當不孤盛托耳。

使車將啓，臨便潦率，不勝沖黯。伏希歲時之際，康彊逢吉，諸惟情照。

咸豐辛酉十月二十一日，愚弟朴珪壽頓。

又

春間使車回承惠書，至今慰欣。

審伊時兄將入樞垣，聞之先爲朝廷用人賀，次爲足下展試所修，今得其所，喜不能忘也。此爲前輩受用之地，如王蘭泉、趙甌北，皆從此處進步。兄才茂學博，自效於明時，自今伊始。弟非諛辭也，惟兄勉之勉之！

弟近狀無善可述，春夏于役嶺外，其詳錄在仲復書中，逢際討見可悉耳。

《伏虎圖》文字托諸同人，皆姑未來到。人事多忙，每歎如此，然必有以仰復耳。

臨便草此，只平安字，惟望道體增安，年年歲歲，彩衣承歡。

明春使便，惠我德音。臨池馳神，不盡欲言。

又

緗雲尊兄知我。

徐侍郎奉使還，承尊書及楹聯，欣感交切。冬暄，道體康吉，舞綵增歡，溯祝溯祝。

瓊什二冊謹領，清韻令人牙頰生香。且念林園經濟足以怡悅，不徒貴容膝之安。恨不得致身於此，與吾兄把臂劇談以消此紆鬱也。

念兄供職之暇尚有樂事，又能肆力古文，皆非弟所及也。

弟猥膺藩寄，簿領之餘，不無湖山、樓臺之勝，政是坡老所云"士大夫游宦四方，亦以取樂一時"者，而顧憂虞瀕洞，殊無展眉時，兄書所問天東近事，可已有默會耳。衛道距邪，未可以言語文字奏功，必煩兵戈，是豈書生所能者乎？奈何奈何？

仲復還京，雖幸親朋會合，喪禍孔酷，念其情理，悲不堪矣。不祐善人，天理所無，惟以是質諸神明耳。

年貢使李尚書喜吟詩，到京或有逢場，可詳弟近狀。望鴻便惠我德音，統希情照。不宣。【丙寅十月】

又

緗芸仁兄知己。

冬暄疑春。伏問道體曼福，萱堂康旺，吉慶川至。

春間惠函，殷注深摯，兼承詩扇、果珍之贈，感感。細繹書意詩旨，蓋有嚴氣正性不計一身利害之事。是惟海內朋友所共期望，又何尤悔之有哉？甚盛甚盛！

向在松筠菴中，兄有"千秋俯仰心如醉，我亦人間駕部郎"之句，弟已默識兄志存慷慨，非徒然耳。

弟尚縻職淇城，無甚善狀，日以素餐為懼。雖稼穡有秋，疆場無事，終未見斯民之足。若付之氣數，亦非儒者家語，奈何奈何？

江華李尚書輓詩，其大節固卓卓，而得此詩益不朽千秋，甚感感。

慈壽修像，兄應無暇及之，專靠研秋兄經營，未知竟已遂願否。

年使方發，憑報近狀，希惠我德音。艸艸不盡，統惟心鑑。【丁卯十月】

又

緗芸尊兄知我。

今春金韶亭，致惠覆及楹帖、詩扇之賜，深感深感。

俯示《駃說》領讀，不勝其喜，非喜文字之工也，喜駃之有其隣也。弟方以駃自喜，而觀世之人，無不慧且敏焉，則駃之子立無群，爲可憂焉。今讀此文，駃其不孤矣，不亦樂乎？

不特駃爾，又有愚者、癡者、鈍者、拙者，皆人所不取也。苟有自喜其愚癡鈍拙，而惟恐失之者，則是必可與語道而爲成衛尉之所詡矣。兄可以此爲成衛尉誦之一笑。

道體近復安吉，承歡北堂，諸福日臻，羨羨慕慕。前有求外之志，未知果諧否？

研秋遠游地方多虞，以此言之，求外亦恐多不便，奈何？

弟尙縻職浿城，無所展施，徒費素餐，甚愧尊兄之駃耳。

年使之過，爲報平安，略此走艸，不盡所欲言者。只希順鴻惠我德音。【戊辰】

又

翔雲尊兄觀察閣下。

相去萬里，魚雁沈沈五六年矣。辛酉歲會飲松筠菴，兄讀椒山諫艸，有"千秋俯仰心如醉，我亦人間駕部郎"之語。余別詩有云"且看諫艸堂前竹，再度來時綠滿園"，夫豈竹之云乎？今來縱不與吾兄相見，此竹已森森作歲寒姿，徘徊詠言，懷可知也。

昨見椒山墨迹，"飲酒讀書四十年，烏紗頭上是青天，男兒欲到凌煙閣，第一功名不愛錢"，此固兄所慣記，而今復爲之一誦，想領會此意也。

弟奉使入都，今將東還。雖不無新知作讌會爲樂，舊雨落落，惟有孔君玉雙話繡山宿緣，稍慰悵悵。

欲寄書，不知何當得傳去。仍念作此大幅，送挂壁上，可時時如面不相忘，援筆荒雜，亦不計耳。望文翁之化，益副遠望。【壬申】

與董研秋 文煥

別來歲又晚矣，不審道體鴻祉。向見兄深自攝養，親近藥物，不知近更清健，陳力供仕否。且頌且祝，不勝馳神。

弟東歸後，幸無大疾恙，自餘碌碌無足言。

每念日下從遊之樂，夢想依然，悉出行篋中書牘、墨迹，對之如面，摩挲百回不知厭倦。人或嘲我，而亦不卹也，始覺所謂《懷人圖》者，非爲吾兄而作也。恨不及煩君爲我一作耳。吾兄詩篇深造古人奧境，想早晚必有梨棗之事，望於伊時勿惜一本，如何如何？

尊伯雲舫先生近祉何如？弟未及相面，追想悵缺不已。

貴省前輩有郭泰峯，字青嶺，號木菴，其子執桓，字叔圭，又字覲廷，有《繪聲園集》。此係何縣人氏，兄可知得否？其詩清虛淡遠，少煙火氣，兄曾見否？先王父曾爲青嶺作《澹園八詠》，故所以相叩耳。

向於文丞相祠壁間，見嵌置李北海《雲麾將軍碑》殘字，卽礎石二面也。後又過法源寺，亦見此碑之嵌壁者，又是礎石也。豈卽文山祠所置者，與此一碑而分置兩處耶？《雲麾碑》本有兩碑，豈俱被作礎之厄耶？伊時未及相訂，歸後思之，不能忘也。且法源寺東廡中，有摸刻《雲麾碑》臥置者，恨不能拓得一本。此若有兄輩拓出時，可念及一本否？

東方金石，頗有可採，而荒山榛莽，絶罕拓取者，必須自我圖之，乃可得之，而工費每鉅，令人興沮，奈何奈何？

諸所欲言者不一，而臨便潦艸，尤覺悒悒。何時可復續天涯奇緣耶？惟冀歲時茂納繁祉，統希亮照。

又

研樵尊兄知己閣下。

春間漢山尙書歸，道兄近祉，欣慰可勝言耶？然霞舉還鄉，仲復遠仕，盍簪之樂減却幾分。

霞舉或已入都否？蓋乞暇暫往耶？抑有他事或賦邃初否？幷所未詳爲之紆鬱。今此呈一函，望乞覓襯付去，使天涯知己，得彼我安信，如何如何？

仲復處地隔萬里，上任之信，能已得聞否？此兄許亦作一書，念緗雲之鄉距彼爲近，故要緗雲作轉致之道。霞舉是兄同郡，故仰浼津筏耳。儻自兄有信襯，亦須討取於緗雲而付去好矣。

萬里傳書，不知幾時得達。然貴在吾輩心性之交，可質神明，必有物相之，不至洪喬，後生輩見之，當知朋友之道如此矣。

尊兄近節何如？見陞何官？盍有建樹否？

魯川一切不聞消息，願詳敎之。

前每承兄書，艸艸數語，但存殷注之盛，竝無仔細道及朋儕許多樂事，吾心殊悵悵。願此回須詳敎，勿慳德音，如何如何？

今年朝正使价，皆同志切友也。正使李尙書、書狀官金學士皆可證契，當欣如舊識，爲道弟近狀也。

琴泉仲春歸道山，篤行邃學，求之古人，亦未易多得，與弟爲平生之友，絃斷之悲，尙可言哉？想兄聞此亦爲之愕然也。

仲復見任之職，自有考滿內陞之期否？抑仍外轉，姑無還朝定期否？思之黯黯。

弟春間陞秩宗伯，主恩隆渥，報答蔑如，只切冥升之愧耳。

年使回，必詳示吾兄近禧及諸君行止，少慰此海天翹首之情，盼望不已。

臨紙沖沖，惟祈鴻祉日臻，益崇明德。此不盡欲言。

又

研秋尊兄知己閣下。

是迂尚書、石菱編修歸，說從游之樂，仍承兄書，披讀之，是日殊不寂寞，怳若致吾身於煙樹、金臺間也。

然細審兄間有荀令之悲，能付太上忘情以自寬否？有佳兒能讀《春秋傳》，亦足以高大門閭，不斷書香。兄儻能食淡自養，從此物累都淨，亦一奇事，然那能爲此耶？好笑！

日講記注珥筆昵近，至榮也。盡吾之分所以報效也，何待加勉？惟兄稟於天者優於是耳。

弟近膺平安觀察之銜，上任已一月矣。主恩謬加，才薄任重，兢惢不遑自暇，吾兄何以教我？

仲復知己丁憂流寓，定在何地？其親曾在岐陽縣官次，今何謂至晉省耶？爲之悲悒不自已，示其詳，如何如何？其葬在何地？當終制於墓廬云耶？今去書函，幸與霞舉兄謀傳致之，切望切望！

適逢使車，略此付候，艸艸不具。希順便惠我德音。

又

研秋尊兄知己閣下。

仲春承覆，尚深慰感，居然又一年矣。不審道體萬祉。

伊時史局竣功，恩簡有期，甚盛甚盛！然弟今者書到，儻兄已出外，豈不悵失？區區之望，却不在五馬之榮，惟願日侍文陛，珥筆盡職耳。

向來條陳各摺，俱蒙允行。有懷必陳，有言得施，是爲臣子至榮，可勝欽頌！此等文字皆不刊之作也。然而遠方，無由得見邸抄，尚不睹吾兄懇懇論事苦心之作，是爲大可恨也。若不秘之，何感如之？

緗芸、霞擧諸兄平安？仲復春間南歸，又已入都否？念此兄情事，每切悒悒耳。

顧齋《說文》之學，近復何如？向於一友人處見有畫障，許叔重鬚髮皓白，傴僂而行，自李陽冰、徐鉉、徐鍇以下，凡有功於《說文》者，皆扶擁許老人，左翊右護，前導後殿而去，形容令人絕倒。今顧齋兄當復去扶許君一臂，但恐被魯川先着，須大踏步忙走一遭爲可耶！好呵好呵！

傳世之學，非卑官浮湛者不能，有若天爲之位置，誠如兄敎。此事今古一轍，只是有蘊抱者，每不見展施，終又不能自閟，載之空言垂世故耳。

鄭漁仲、馬貴與得著書之暇最多，杜君卿、王伯厚雖非卑官浮湛，迹其平生，亦與浮湛何異？所以有許大著作，其功利及人不少。顧齋儻得繼昔賢之爲，今日浮湛，庸何傷乎?

請以是語質之自家可乎? 弟棲遲洱城, 以官爲家, 今已兩載, 旣無素抱可展, 空費歲月于簿書叢裏, 甚愧顧齋兄也。

今行年貢正使金君, 老成樂易人也。或可相逢, 當道弟近狀衰憊耳。其回盻賜德音, 臨襧草草不戬。祈百禧日新。

又

硏秋尊兄閣下。

客臘憲書使迴, 奉覆函及慈壽石刻諸本, 讀《重裝九蓮畫像歌》, 服吾兄有心做好事。感激之極, 不獨經理此事, 爲不孤遠友托也。

隴西之游, 我心愕然, 兩函書又隨年使而至, 知兄出都有期。凉州去我且萬里, 從此雁渺魚沈, 停雲落月, 何以爲情? 顧齋云"汾水以西, 尙免匪擾", 爲兄家幸之, 今兄書謂"歸耕無田, 進退維谷", 何也?

寄示二詩幷可領會, 事在無奈何, 亦置之勿復道而已。恨無能擊壺長歌爲秦聲, 以慰羗笛楊柳思耳。嗟乎! 硏秋年力富强, 動忍增益政在今日, 勉之勉之!

君子之屯邅失路, 從古何限? 乃其名節、事功, 皆於此乎成就, 究竟非狼狽事耳。

臨行投贈, 一一領取, 百回撫翫, 黯然鎖魂。

《韓客詩錄》何至二十卷之多也？　東人詩本不協聲律，中古志士、畸人之作，尚可以辭取之，自鄭以下無復可言，徒爲梨棗災。幸更加刪去，勿令中原士夫傳笑東人之陋，亦君子之惠也。《牧隱》、《河西》二集，卷帙頗多，容弟選錄寄呈，少俟之。

弟素餐箕邦，今已三載。春夏交，又有洋舶窺境，頗勞備禦，今雖走去，餘虞未弛。今聞王京以此事有陳奏之价，順便作書，乞雲舫、顧齋兩兄，討襯寄去，不知何當關覽。

天涯地角，心性相照，惟努力自愛，建樹卓然，千萬是祈！如有鴻便，惠我好音。臨楮惘然，不盡所懷。

又

研秋仁兄知己閣下。

仲夏有書，乞雲舫、顧齋津致甘凉署中，可曾達覽否？美赴果在何時？地方憂虞，近得安靖，句當整頓，頗有條理否？

念吾兄以身許國，夷險向前毅然就道，志氣方奮，雖使我出餞都門，安用執手繾綣，作兒女子惜別情耶？讀書萬卷，需用政在今日。

范老子胸中甲兵，何嘗專攻韜略者乎？人或謂用違其才，願吾兄切勿爲其說所惑如何？一種流俗，每云"書生不能吏治，儒家不知兵事"，總歸之腐頭巾，此堪痛恨。吏事且無論，即取兵事論之，從古大功之出於書生，亦復何限？惟兄勉之，爲吾輩一吐氣，豈非快事乎？

向承尊書，不無悒悒侘傺之色，久益爲兄憧憧耳。此行雖或有不得於時者，政所以成就無限功名，君子豈容有慽慽不能遣者乎？兄必無是，而心乎愛矣，聊此奉勉，應賜莞納也。

記咸豐辛酉，弟之赴熱河，人皆以爲涉險冒危甚畏之。弟之被選，以是故也。大笑勇往，何思何慮？乃得與諸君子遊，人生至樂，是亦一事爾，我之所得，不旣厚且幸歟？此雖小事，亦可推類，故及之耳。

前者李牧隱、金河西詩集，卷帙冗繁，不合遠致。玆有選錄一冊，兼附他數家詩，庶更精選入錄。且弟之先祖汾西公詩抄一冊，附以王父燕巖公詩抄幷送呈，幸收覽復加揀選，如何如何？

王父雅不喜吟詠，草草如此，然亦可知志尙之如何，而汾西祖則所遭值所持守，尤當讀而知其人矣。幷托顧齋、雲舫二兄轉致，不知那當傳去，不至浮沈也。幸因風便，必賜答信至望。

弟尙在平壤，必欲春間賦歸，他不足縷縷耳。

勖哉吾兄，勉建良圖，使海左故人大慰平生之望，如何如何？不盡欲言，更覺悵惘。惟祈餐衛加護，時承金玉。【戊辰】

外呈《汾西詩鈔》一冊、《東韓諸家詩鈔》一冊。

又

董兄研秋閣下。

秦、隴風煙近復何如？讀書受用正在盤錯，每爲遙相耿耿。

弟再到都門，舊契無一人相對，其踽踽可知。令弟雲龕雖初面，便是宿交，追隨往還，賴不寂寞。共拜顧祠，又展慈壽佛像，兄及顧齋題墨，如接顏儀也。

寺僧太蠢，不揭墨拓之本，還復以畫幀供養，不幾時已塵煤[3]堆集。余手自捲藏匣中，雲龕言"復有墨本，可再給僧人張揭"云，如是則久益無慮耳。

雖事務鞅掌，猶不廢吟嘯否？秦、隴多古迹，可有傑作如坡老《鳳翔八觀》否？

向聞顧齋有太華之游，尚未見所述，此君占彼優閑，使海上故人不得一飲於燕市，不能不埋怨。若兄則不逢其勢固也。

醉裏作此，欲兄置壁上如面耳。不盡欲言。【壬申】

與董雲龕文燦

雲龕仁兄閣下。

3　煤：底本에는 "媒"。문맥을 고려하여 수정.

春間使車帶到崇函，前冬分袂後初信也。捧讀欣慰，何以名言？居然又一年光陰，不審道體珍祺。

雲舫令兄果已奉老入都，昕夕承歡，棣狀湛樂？研秋大人頻得安信？泰、隴風煙可得靜息？種種馳仰，實勞我心，儻有信寄我，庶慰懸懸。

顧齋近節亦何如？樂志林園，富有著作云耶？沈、黃兩君或有回信寄來否？中心之藏何日而忘？

惟兄春明退食，勝友盍簪進修之功，政在何書？向於都門，不知緣何冗忙，逢別忽漫，至今追悔，只有殘夢旖旎，久益難爲情也。

家弟《說文翼徵》尚有追補未了，且敝處刻書極難，元無書坊刊書爲業之人。以是早晚必欲煩都下良工，而又苦費貲未易，柰何柰何？此書雖未知識者有取，而若屬之覆瓿而止則亦可惜。若書賈得而刻之，亦不害爲新面目，而同此嗜好者，必爭求之，未知以爲何如？待其淨寫完本，欲以奉質於顧齋老友，而此番未及耳。

行人臨發，草草不備。惟祈回便金玉勿吝。弟朴珪壽頓。【癸酉】

與張午橋丙炎

午橋仁兄閣下。

珪壽與霞舉、研秋、仲復、翔雲，爲海內知己，先生之所知也。獨未得托契於先生，東國之士從都門還，輒誦先生文采風流，益不禁懊恨于中也。

今春趙惠人侍郎，携致先生楹帖之贈，始知先生亦傾注於我久矣。人海舊游，又添一神交，至樂也。

又得霞舉在鄉遙寄之信，封面有"求張午橋先生轉致"等字，是霞舉亦以尊兄有友朋至性，必不憚津致之勞耳。日下舊交落落星散，弟今欲答霞兄，不求尊兄致之，又誰求耶？弟現前情事，具在書中，欲望尊兄先自坼閱而送之，便是吾輩聯榻鼎話，大快事也！

是以證交鄭重之語，此并略之，惟請比來道體康吉。鴻便順承德音。

與吳清卿 大澂

清卿尊兄閣下。

別來周歲，楓冷菊殘，最是都門相逢時景物，對此如何不相思興感？想我兄亦同此懷也。

未知此刻與同社諸君，飛觴論文，語到左海故人否？邇來道體康吉？春明衣馬，退食有暇，研經味史，進修日新，不勝遙祝。

向贈《曾文正文鈔》，歸而讀之，景仰欽服，恨不得及門於在世之日，以盡天下之觀也。文章、勳業、學術、經濟，兼全備具，求之前代，未有盛焉。蓋天於聖代，生此偉人，爲儒者吐氣耳。此書只是文抄，未知全集可有剖劂完本否。一睹爲快，而恐未易得也。曾公卒於壬申，而嶽降在於何年，其壽幾何，幸示之如何？

溫卿《說文翼徵》，尚在追補未完。然敝處本無刊書之局，未知何時當付之梨棗。若竟至覆瓿，則亦云可惜，恨不如都下朝有述作，夕已登梓也。

弟衰倦日以甚，不能着意爲文字事。每讀曾公在戎務旁午中，爲人碑版、記、序，益服其勤勵難及。蓋充養有素而然也，甚美甚愧。却恨生并一世，拘於彊域，不能親灸此傑鉅人，此爲何如者乎？

惟兄年力富強，遭逢明時，有志邁往，雲程萬里，勉追前哲，無孤遠望，如何如何？

同好諸君子香濤、麟伯、廉生、埠民、蒓客、子實皆平安？盍簪麗澤，日有樂事否？不能各修候問，心甚缺然也。

回憶舊遊，夢想依依，臨褫握管，百不及一。惟冀時序增福，鴻便順承德音。弟朴某頓。

與彭芍亭祖賢

芍亭仁兄知己閣下。

纔得證契便爾闊別，此事情所難言。停雲落月只勞夢想，奈何奈何？節物宛是都門對飲時光景，尤不勝依黯。

道體清旺？艾圃、岱霖棣樂湛吉？似聞岱霖遠赴鄉試，果已獲雋歸來否？其吟述極佳，《冬柳》四詩眞絶調也，錄在弊篋，久益味諷不已。今番未能另具書，歉甚。儻已入都，幸致此意。如或先施惠音，何喜如之？然不敢望耳。

弟歸國以來，居然周歲，益覺衰倦，不能着意爲文字事，優游光陰，還不妨老境得閑耳。

文敬公集擎讀百回，經濟文章不敢妄論，只自欽服無量。憂國憂民，忠藎盡節，公之平生大業也，流慶貽後，必有無彊福澤。善繼善述，爲昆仲諸兄勉之，惟望益懋建樹，無孤遠望！

年使將發，臨襥草草，百不及一。惟祈順鴻得承金玉，不盡。弟某頓首。

與萬庸叟靑藜

庸叟尚書老弟大人閣下。

謂我弧辰有數月之先，必欲序兄弟之稱，義重邱山，古所罕聞。雖謙不敢當，盛意勤懇，不敢不承膺也。

別來周歲，秋盡冬屆，楓落菊芳，宛然是咫村對飲時景物，撫時興感，安得不悊焉在懷？想與我同此情矣。

不審道體近益康旺。建樹匪懈，用副海內宿望，羨慕羨慕！

咫村小亭可得竹深荷淨，草草經濟，怡神娛情否？其客座雨集，奔避移尊，又一趣事，恨不得躬當其會，只從抵石坡公書中聞此奇絕也。

身在江湖，心懸魏闕，臣子之至情也；翺翔廊廟，依戀林園，讀書者之所樂也。山谷老人題畫茶"士大夫不可不知此味"之語，吾於咫村小築亦云爾，不審以爲何如？

不佞於浙水佳處，亦置一屋，頗饒江山之勝，雲煙魚鳥，几案朝夕，不知緣何絆絏，尚不能一往管領。此事古今同歎，所以甚羨咫村之跬步可就，亦甚念庸叟之志存邱壑也。

愚兄衰倦之容日以頹唐，只幸無大疾。而書生妄想，件件事事我能做得，到今齒髮志業，與之俱頹，何思何慮？無足云云耳。

向在都下不過一再私覿，半是商量使事。若夫學術、經濟，久欲質諸大雅者，却不及傾倒困廩，歸臥海隅，彌增悒悒。惟靈犀相照，肝膽無隔，天涯比隣，時相往復，庶慰此情耶！

聖明熙運，中外同福，而尚此時務多艱，憂慮未已，迂儒陳談，詎可以千慮一得，謂堪自試耶？勖哉晚節，此爲己分內事，耿耿一念，卽以自警者，奉勉君子，不審何以教我。

使車將發，臨襵握管，百不及一耳。惟望時序餐衛勝常，鴻便之回，惠我德音。愚兄某頓。

又

庸叟老弟大人閣下。

春間使回承惠函，至今藏笥，日三披玩，雖山川間之，肝膽無隔。

不審道體近益康旺，進修之篤，老而不懈。建樹卓然，可副遠望，是祝是祝！

愚兄衰頹日甚，無足言者，乃謬膺特簡，忝居中書，自愧樗櫟不適於用，充位伴食。差少愆尤，而事會之來有未可知，日夕憂懼，不知所出，不審老弟何以警發我耶？

卽者部咨到國，亦關係憂虞，不比尋常。曾在咫邮對話，亦嘗慮及於此，何嘗少弛于中耶？今可謂其幾已動，將用何術而弭此患耶？

東國不嫻兵事，況昇平恬嬉？其所云繕甲治兵，徒大言耳。都不識伐謀、消兵爲何等語，只自賈勇誇勝，是豈知彼知己者耶？每一念之，中心如焚，而亦所謂所憂非我力也，無可奈何。到今此身忽當此會，一己之私且不足卹，其於五百年宗社何哉？以身殉之，留得史傳一句語，是豈分所甘耶？痛矣痛矣！

排難解紛，雖中朝亦無如何，固已知之。然曾聞日本約條有"不侵中國屬國"等語。今彼之來京立館者有之，則其必有管事人一如洋人之爲矣。據其約條而詰責之勸諭之，不患無辭，朝廷若念及於此，實排難解紛之一道矣。此非老弟禮部堂官之職也。然爲中朝諸大人，誦及此語，則不無其道，幸留心周旋，如何如何？

夫我則書生也，惟當爲老生談耳。竊覰天下大勢，終古未有岌業如今日，此何故也？

有所謂《中西聞見錄》者流出東方，未知此爲華人之翻譯洋文者耶？抑洋人今皆能通漢文而爲此歟？恐未必然，必華人之翻譯也。

誇精巧衿新奇，種種津津，無非使人艷羨。吾非謂盡是虛誕，而所歎息者，如非華人之日走彼中，爲其倀導，爲其役使，則何以有此等文字耶？華人之所以至此，豈非由乎道術壞裂，昔賢之苦心矻矻明天理正人心者，都歸於陳腐，而別開門戶，爭騖新奇，此其流弊，乃至於此者耶？此等語不宜閑漫泚筆，惟於老弟故不諱之，嗚呼！奈何奈何？

咨官之去適齋宿廟中，草草略此，不盡欲言。惟祈餐衛加重，爲國自愛，鴻便得承德音，至禱至禱。

同治甲戌六月廿九日，愚兄朴某頓。

又

庸叟老弟宗伯大人閣下。

咨官帶回覆函，纏纏千百言，情摯意篤，感頌何極？

且聞李生所言，閣下詢愚兄近狀，有曰"何不休退"云爾，眞可謂知己耳。"介如石焉，寧用終日"，李生之歸到鴨綠，已是愚兄解官之日也。賢弟聞之，當爲舉一大白矣，此所謂"聲氣應求"、"千里應之"耶?

愚本山野性耳，不能耐此拘縶，而所學所習皆老生陳腐，無足以裨益需用。徒感主恩不棄，冒沒出膺，旣呈露其空虛無實，又安用久據爲哉? 是以求解得解，便覺清脫，若沈疴祛體耳。

㟮邨種藝，能具蘭畹、蕙畝，位置楚楚否? 回憶對菊開尊，夢想依依，人世至懽，何日可忘?

前書往復，均彼此皆在莫可如何境界，願從今置之，勿復擾吾兩人胸中。只於有褫可寄時，作一等清閑語，胥慰老懷，斯可矣，未知如何?

程容伯復入都門耶? 其去故里，本非盡室捲歸，暫往旋來耶? 無妄之疾，又爲之悶歎不能已也。

竊揣閣下宜有著述詩文，計或有剞劂之本，儻得不秘投及一帙，可慰愚兄離索之情。且使海左人士知中州老儒有此一等名家，豈不愉快乎哉? 幸念之。"㟮邨學究之章"，恐不宜虛冒此稱，所以求之唐突耳，極呵極呵!

愚兄久廢筆墨。胞弟其名瑄壽，字溫卿，仍號溫齋。官經吏部右侍郎，年今五十有四。夙耽墳典，著有《說文翼徵》十有餘卷。其書以鍾鼎古文，證《說文》小篆，多所發明疑詿，甚有根據，必傳無慮。

但東方少爲六書、小學者，如非中州之士具眼者，恐終歸覆瓿，必欲謀梨棗於廠肆，而旣不識工費多少。且此等事，非有有心人主張，那能如意精良耶?

原書尚未脫稿，今未及奉質諸大雅君子。雖然幸商量示其可否遂願，如何如何？

六書之學，亦窮格第一事，而向來專門家未免瑣細玩喪，此爲可恨。未審閣下以爲何如？亦願聞高明之論耳。

貢使臨發，順便略伸耿衷，惟祝道體康旺，雁便得承金玉。庚兄朴某頓。【甲戌[4]】

又

庸叟大人老弟閣下。

先帝賓天，哀普寰海，嗣皇龍飛，慶溢區宇。此際典禮事務仰惟孔劇，欣慽交进，何以句當？年來道體益復康旺？奉念之切，自不能已。

前冬使車，曾付一函，可達覽賜答否？回价尙未到來，方切企望，而又恐事會恩遽，或未及有回音也。

愚兄邇來斗覺衰耗，七旬迫近，勢應如是。仰念閣下較我當復何如？以我相揣，槪知無甚勝狀，亦復柰何？閉門養疴自是得計，而江湖、魏闕，憂虞則同。非敢比擬前賢，自不能不然，賢弟應有犀照矣。

天步艱難未有如今日，遙相耿耿，何時可忘？憑便略報拙安，望得回信，肅此不備。仍祈餐衛珍重。【乙亥】

---

4 戌：底本에는 "亥". 편지의 내용을 참고하여 수정.

與崇樸山實

樸山仁弟大人閣下。

春間使星之回，承讀華翰并《半畝園記》，手繪團扇筆墨之貺，傾倒欣喜，如何勝言？況客冬歸來，未及修信，得此先施，情注殷殷，感深僕僕。

伏聞聖主軫念老臣，叨禁城騎馬恩命，榮祝之餘，將何以報答？爲之耿耿。

從古忠孝藎臣，與國休戚，必是喬木故家，所以遠客叩門，意實有在，至今充然宿飽。惟明公勉之勉之！

令子犢山翰林，器宇重厚，將來遠到可期，是爲洪福，尤念不已，此番未及另信歉甚。

楓落菊殘，宛是去年對飲時景物，安得不臨境懷縈？不審此際體履菲祿，闔署均慶，徘徊池臺，有時念到此身否。

愚兄今年六十七，過此一臘，漸迫七旬，其衰耗不是異事。但怪厭倦太甚，百無可欲，惟夢想旖旎，多在嬝嬛妙境，是爲結習終不消磨故歟？

使車將啓，臨襭略此寄安，惟冀順回惠我德音，不盡欲言。愚兄某頓首。

又

樸山大人老弟閣下。

都門一別，居然四換星霜矣。半畝清讌，上溯金源，契托同岑，義證兄弟，儘是稀世奇緣也。每一追憶，夢想依依。

向歲鴻便，雖有書函往復，竟是誰人代筆，不見閣下心畫，甚以爲悵。吾儕心心相照，何必倩人修飾文字爲哉？願勿畦畛，深祝深祝。

比者榮承寵命，駐節陪京，聲光密邇如奉清儀，尤以慰此耿耿。況復戢匪靖邊，威望彌隆，我心欽誦，當復如何？惟願益懋壯猷，肅清萑苻，俾中外賴安，上報國恩，下副遠望，不勝企頌。

愚兄向來宦迹謬忝黃扉，自知不堪，遂卽卸免，閑居怡養，莫非主恩。而七十之年，今已迫矣，形神衰耗，無能猷爲。江湖、魏闕，徒切戀結而已。

使車過藩，敬修短牘，聊表衷曲，卽請道體萬祉。惟祈回便幸賜惠音，必施親手墨迹，以爲天涯替面，千萬至禱。肅此不備。

瓛齋集

卷十一

書牘
雜文

潘南 朴珪壽 瓛卿 著

弟 瑄壽 溫卿 校正

門人 清風 金允植 編輯

書牘

答上大院君【甲戌】

小生在浿時，忽聞萊館事。方禹叙謄示一本，而入於休紙，日前大費精力搜出耳。其時不受書契之曲折，以小生所料錄在左方耳。

第一則從前書契往來，彼此恪遵格式，如有違式，則雖一字一畫，必爲爭詰不受。日人苟甚，故我國亦然，不相遜下，此是流來鐵規。而今來之書契，不曰"對馬州太守"，而添書職銜曰"左近衛小將對馬守平義達"，此爲違式也。

第二則曰"皇室"而高一字，曰"勅"、曰"京師"等語也。

第三則"皇室"則高一字書之，"貴國"則低一字書之也。

第四則我國造給之圖書，不爲押之，而忽打其國造給印信也。

此皆萊府不受之大義諦也。

其曰"皇室"、曰"皇上"，果高一字書之，其曰"日本國"、曰"朝鮮國"、曰"本邦"、曰"貴國"、曰"朝廷"、曰"勅"、曰"京師"、曰"叡意"等字，均皆平行尊書。

觀其獨於"皇室"、"皇上"高一字之例，若有語及吾國至尊，則必當與"皇"平尊。而但未有語及此，故書中姑未見其

如此矣。今若自我逆料其必低於彼之"皇"字云爾，則是乃以
無形之事，自取侮蔑也，何必如是乎？

其加書職銜，則彼自誇其國政令一新，而蒙其君之優
賞而已。其所謂進爵，何關輕重於吾邦耶？以此謂其異於
前式而詰責不受，其在任譯之見則無怪，而何必自朝廷屑
屑然較計於此哉？付之一笑，可矣。

彼之稱"天皇"，蓋累千年矣。彼是國中自稱自尊，何關
於他國乎？在唐高宗盛時，倭使到京，其書曰"日出處天子，
致書日沒處天子云云"，唐朝君臣，不曾拒而不受，只賜宴
賜衣，好好送之。自古待遠人亦如此而已，今何足與之計較
稱號哉？且觀日後若果有慢語，則到其時拒責，未爲晚也。

至若不打我國造給之圖書，而印其新印事，我國圖書
本是衍文可笑之事也。給此圖書，是臣僕於我乎？是我所
封建樣乎？剝盡半嶺南膏血輸之彼，而以一圖書造給，看
作能事，天下可笑之事，孰甚於此乎？

今彼不用而用其新印，然渠亦以變改約條，有慙愧之
色，現於書契中。如欲立吾之舊約，則宜令書幅也、封套
也，兼用印及圖書，亦當從我之令矣。此胡大事乎？

大凡人之有書，本是和好過去之地。忽地拒而不受，積
有年所，彼之慍怒[1]，必然之勢。況分明聞知其與洋一片，
而何故又失和好，添一敵國耶？

曾在丁卯、丙寅間，有新聞紙從北咨出來。其時則不

---

1 怒：底本에는 "恕"。 문맥을 고려하여 수정.

曾與日人失和，而其所孟浪無倫之說，閣下想記存矣。到今日人之致憾，不下於洋，此豈非難堪乎？

今此安也事，此爲孝子忠臣一心知國耳公耳者乎？從來倭譯事，譯員中亦皆不能窺測者也。況旣有閣下眷念矣？此輩之恃寵無恐，而任意縱恣，誰知其必不然乎？舉世眈眈，雖或多未知裏許之談，而未必全無一失。到今聲張起來，然後許多年不納書契，可令日人知爲此人之所爲，而還尋舊好，庶可爲除一敵國之道矣。

渡海事，俄者金譯之言似然矣。雖不渡海，只令新去訓導詰問館倭，亦可有善處之道矣。

元來書契不是悖書慢辭，而堅拒至此，小生所未解也。其所謄本玆送呈，下鑑而深量之，如何如何？

又【乙亥正月，日本書契將來，而受之不可之意，有雲閣書，故上答。】

下敎“倭說之狼藉”，只是騷訛之料，必如是者也，不足關慮。而至若書契之如何處置，此實關係甚大，小生豈欲株守愚見，務立己說哉？

大抵自初至今，閣下深憂遠慮，專在於彼方與洋打成一片也，專在於受此書契便是示弱也。小生深憂遠慮，亦在於倭洋一片，故謂不宜自我啓釁也；亦在於便是示弱，故謂不宜不受書契也，何以言之？

彼旣與洋一片，則積慍之發，必動兵戈矣。積年窺我之洋，獨不合勢而起乎？

我之拒斥書契，實爲難從之請繼至之慮，則彼豈不猜得此意，而暗笑我之懷刻乎？苟其如此，則不受書契，其果爲示之以强耶？示之以弱耶？强弱不係於書契之受與不受，而足爲彼之執言以作兵名矣。

大凡强弱之勢，只在於事理之曲直而已。我之處事、接人，有禮而理直，則雖弱而必强；我之處事、接人，無禮而理曲，則雖强而必弱。

今若於書契之改修而來也，又復斥而不受，則彼必以爲"吾則至矣盡矣，而何其侮辱之至此耶"，此豈非自我激變之事乎？

彼之幾年見阻，歸咎於任譯，故所以必欲面傳於萊府也。從前萊伯未嘗不與之燕饗而接見矣。至於今者，奚爲而獨不可相見乎？一見萊伯而漸次求見監營，求見京師，此皆逆料之慮也。而日人之到京朝見，在宣廟亦曾有之，壬辰之亂，豈其由此之故耶？彼若稱兵動戈而來踏邊土一步，則以今天下大勢所恃而不恐者，未知有何良策乎？

或曰"自古誤國者，和字也"，小生不知此出何文也。歷數前古，以和而誤國者，一秦檜之誤宋而已，此非可引之事也。宋之忘讐和金，是爲萬古所無之事也，此豈可凡於和隣之事，輒引以爲譬者乎？

小生非敢妄論於國家大計，而區區憂慮實所未釋，故有此張皇，庶蒙恕諒，而幸伏望深加商量，若何若何？

小生何敢以"不在其位，不謀其政"等語，自占便宜地乎？

言之至此，不勝悶鬱萬萬耳。

又【乙亥五月】

秧雨及時，大慰農望。伏未審靜養氣候對此淸旺，彌切慕誦。

昨日賓對，有原任大臣同參之敎，下詢書契事矣。筵說伏想有入覽，而小生所奏，玆以錄呈。

蓋邊情關緊亦旣多時，而下詢之舉尙云晚矣。幸得方寸庶可悉陳無餘，而大熱中半日詣閤之餘，喘息飢渴，支離張皇之說，恐難致煩聖聰。故略舉其槪，而仰請自上逐條下問於疑難之端，欲爲剖析仰答，以待淵衷裁擇而處分矣。旣請之後，仍無下問發落，所奏之語只此草草，還爲愧恨不自勝耳。

大抵大臣、諸宰之意，默而察之，則胸中雖有受見書契向後措處之意，而口不敢發，總皆懼劼漫漶而止，此何爲而然耶？

見今彼之火船載兵而來，雖自稱"護其使价"云爾，而恐動之意，的然可知，則此可謂兵機已動矣。彼姑無惡言相加，而託辭於護行，我則佯若信之不疑，而迨此時無事妥帖，時不可失。

若到彼之發一砲聲以後，則雖欲受書，其爲辱國，更無餘地，其日則斷無受書之道矣。事機如此，而今又以別遣譯官，一一歸正之意回啓者，此何意味乎？

彼亦其國之使臣也，使於四方，不辱君命，渠亦自守此等義理，則到今又豈有變改之理，而又何敢發口於其國哉？彼人事情，亦可謂窘悶之極也。然則其報告於其國，必以<u>朝鮮</u>之無禮凌侮，許多爲說，其國臣子，豈不齊怒而共憤乎？如此則事變之何如，不待更論。泥中蚯蚓，踏之猶動，何況有國有兵橫行海上者乎？

小生胡爲作此張皇之說乎？　誠不忍目見者存焉故耳。元來此事本是談笑處之之事，而拖到多年，轉至此境，此何故也？

小生之論，每不合於閣下高明之見，而小生實莫曉其曲折。到今悶懣繃中，茲以仰質。大凡彼書之決不可受之曲折義理，幸伏望一一下示，以爲牖迷覺非之地若何？

若閣下雖不欲世務之到耳邊，而至於此事，存亡安危之大關係也。一失手則悔莫可及，迨此之時疾驅入城，指導方略，而還復向山，亦無不可。此豈恬然坐視之秋哉？

言之至此，不勝煩鬱，不暇顧悚惶等字耳。不備白。

又

向見<u>直谷</u>，閑商"皇"字之極行，"貴國"之低一字，爲不可受之第一義理，而此有不然者。

觀其書契，則"<u>日本國</u>"、"<u>朝鮮國</u>"、"本邦"、"貴國"等字，一例平等尊之，而特"皇"字極行也。書中別無語及我國至尊之句，故姑未見其與"皇"字平尊也。如其有之，則必當與"皇"字同尊矣。國號平等尊之，"皇"、"王"則平等極尊，觀於其書，自可立辨矣。

"大"字之前所未書者，今忽書之，見今海洋諸國競效中國，皆有"大"字，此等事何足看作義理矻矻爭之乎？

其曰"勑"字卽其臣之奉命而來之謂也。渠自奉其君之勑而來也，此字豈加於我哉？又何必禁止爭辨乎？

載來洋人，到處開市，下陸恣行之說，此爲來頭之慮也。今其書中何曾有半句語及此者乎？苟有此弊，則到其時嚴斥拒之，不患無說矣。今日拒書之力有之，而到其時斥退其請之口則無之耶？此爲大不可解者。

春秋二百四十餘年之間，交聘、會盟爲列國大事，而莫非以禮之事也。有失乎禮，則兵戈作焉，凡於交隣，只宜以禮接之而已。

目今日人之與我爲隣二三百年，彼旣修好爲辭，則雖其中有詐，而我則以禮相接，使彼無辭可執、無隙可乘，以觀其來後之如何可矣。今乃自我多作執言之端，倒其柄而授彼人，未知失計胡至於此也。

有國有家，未有無隣之家、無隣之國，古今天下之同然也。雖一統天下之漢、唐盛時，皆以隣道待外夷矣。外夷之有慢書者，自古中國未有不受而先退之也。必也受見之後，責之、討之、包容之，各隨其宜耳。自漢至明，其證非一再而已。

至於我朝壬辰之前，日人有慢書，至有"飛入中國"之說。

其時亦受而見之，故至有奏聞明朝之舉也，何嘗聞斥退不受哉？

王者之政，"保民"而已。三面環海之國，商賈、漁採之民日出海上，而漂到彼國者，每年不下數十次。每見日船之救回狀啓，則交隣之不可不信義，於此可知矣。今若與彼永絕，則此等民命，何處棄之乎？

又

自戊辰以來，前後拒彼之辭，每責以"約條所無云云"。對馬太守書其少將職銜，則責以約條所無；書中有皇字，則責以約條所無；革廢馬州而由外務省通書云，則責以約條所無。許多層節，皆以約條所無而拒之。甚至於火輪船之乘來，又大責約條所無。

每見此說，悶悶之中，不勝絕倒之極矣。事在我國，惟我裁斷者，亦不無隨時變通，不得不然處，何況他國之事，非我之可得操縱乎？

在昔講和立約之日，何嘗慮及於今日彼國之變更國制，而豫立約條曰"萬世千年與我交隣之節，母敢廢馬州太守，母敢由外務省通書，母敢行用火輪船往來"，如是分明金石立案乎？輒曰"約條所無"云者，彼人燥燥之性，必當頓足發狂。乃不然而相持八年，隨言隨答。以此觀之，天下緩性如熟鹿皮者，未有如日人也。

彼若於三百年通好之地，忽然不通信息，旣變更國制廢革馬州，而仍又不通報於我，則此可謂渝盟也，【或說每謂"彼自渝盟"故云耳】約條所無也。

今彼則以依舊通好之意，請自其外務省通書，此豈自彼渝盟乎？永結隣好相安無事，此爲約條之大節也，是豈約條所無乎？

火輪船者，目今四海各國之通用者，而中國亦處處用之。江海通行商舶、漕運，皆取便利，不獨爲兵船也。今彼之初來，未嘗載兵，而我乃詰之斥之，勿令近泊我境，有若莫測神機將發於厥船，不敢正眼看見，豈非彼人大笑之事乎？

乘駿馬、坐輶車者，過康莊而入朱門，路上之人、僕隸之屬，視以尋常，何嘗怪馬之駿而車之高乎？若以此而往三家村，則男婦群聚，童稚奔走，觀玩之狀，紛紜未已，此爲可憐之事也。

今此火輪船之逢此呵禁，與彼奚異哉？此等皆是見侮示弱之端，不暇勝言矣。渝盟之端，在我而不在彼，故所以煩悶，而及此未發惹鬧，望其妥帖者也。

"變幻奇正"之喩，小生亦以愚說爲變幻奇正之宜試者，而遍觀動靜，竟無奈何，只自仰屋而已。

此事之最爲疑慮者，全在於洋人之慫慂混入也。此之深憂，人人皆然也。然而慮其後患於未發，而先挑目前之禍敗，豈得計哉？以我之所值，參以天下大勢，恢拓心胸，深思遠慮，則竟亦無可奈何。念之及此，雖欲卷而懷之，亦不可得矣。浩歎痛哭而已。

所謂關白卽其國之大將軍也，非有王號者也。當初我
之講和時，與關白相抗，已是失計之失計也、失體之
失體也。堂堂一國君王，何乃與隣國人臣而相交抗禮
乎？或稱"日本國王殿下"，或稱"大君殿下"者，其爲痛
惋，如何勝言？

到今掃去關白，而其皇出坐，則我之通書以"王"抗
"皇"，無所不可者。只以隣道而已，非有尊屈之可論。
而皆以此爲疑，實由未通古今也。

且彼使之在館者，亦知我之拘於尊卑等分之嫌也。
故已有"通信時，國書則勿爲"之說，說及於訓導云。然
則尋常書契，外務卿抵禮判，大丞抵禮參，少丞抵禮
議，而通信之書則我之議政抵其所謂太政官，未爲不
可。事勢節次自應如此也。

雖其不然，而兩君相通，則只曰"某國王致書日本
國皇帝"，勿書"大"字可也。從其自稱而書之亦可，但不
宜稱"陛下"也。不稱"陛下"，彼亦不以爲怪。觀其中國
往復，互無"陛下"之字，則必不望我之稱此也。彼只以
隣國望我之依舊和好，則必無他說之轉生層節明矣。

似聞或說以爲"彼之用年號於書契，自高麗已然，今不
足較計云云"。然則彼之稱"皇"，已自周、漢而然矣，今
何爲較計之至此乎？況其於我朝則書契之來，必書大

明年號, 昭載於《同文彙考》, 而自崇禎九年以後, 彼始
書其國年號, 皆在《同文考》耳。

答上左相【興寅君 李最應。乙亥二月, 日本書契來到萊館時。】

以小生愚見, 訓譯之據法詰難, 雖不得不然, 而其遣辭無異
叱罵, 無乃太過乎? 彼之答辭, 則雖固執不聽, 而言辭則何
嘗悖慢乎? 其固執而必欲面傳萊府, 自以爲"重使事"云者,
其亦非失體之言也。

交隣之道, 雖慮其別有包藏之奸巧, 而外面則不可不
先顧體面, 以禮相接矣。今此堅拒而爭詰, 未知竟當如何結
末乎? 彼若終至攔出, 則是自我買取其凌蔑毀規之恥也。

若愚意則第聽其來納於萊府, 然後使之退待朝廷處分
於館中, 似爲最方便道理矣。但未知僉位之意何如, 則何敢
臆對耶? 此係國家大利害, 故敢陳愚見如是, 而未知不得
罪於有識君子, 悚甚悚甚。

所謂大字、皇字, 不足屑屑較計, 而"天子"字之改之,
最是大關節當改者也。彼亦知其必不可濫稱, 故改之也。
彼之識人事道理則如此耳。

又

昨見訓導書，則"輪船盡爲歸去，而森倭獨留"云。其意必待別遣下去後乃去也，此非望受書也。明知必不順成，而猶且留待者，則分明結末而去也。

彼之處事則乃如此，而我則斥退與許受之間，一向無明白決斷，而只事相持。如是中無非示弱也、見侮也、見輕也。

到今更無許受之勢，而生事激變則迫在朝夕矣。到此地頭，無容更事商量，而旣以斥退爲主，則斥退之說，亦當有分明結末爲可矣。

愚意則卽速筵稟或草記，而三懸鈴行會爲好，故一草敢此錄呈。幸加商量，如何如何？

又

三紙還呈耳。藏置有用處之敎，不勝仰呵，不用於目下時日爲急之時，而將用於何時何處耶？

森倭一去之後則更無向言處，而若待兵船來問時，則此等說話，百番無益。在今日則或有銷兵於未萌之道，在彼時則已動之兵，聞此言而退去乎？

從前只是斥字，而此等嫌忌之意，彼亦未嘗不忖度我情。然而斥退之辭，只曰"前例所無"四字之矻矻不已而已，何嘗明白說去乎? 只令人煩悶耳。

又

小生之於此事, 自初以受書後觀彼所爲而處之之意, 立論
矣。到別遣下送時, 知無受書之道, 而森倭則束裝而坐矣。
我之斥退, 不可無據義理明白破打之說, 故所以向日有所
仰告者, 而亦竟未得行之。

以今論之, 則小生既不得受, 又不得斥者也, 其於此
事, 可謂兩無所當之人, 則從今不宜復煩參說, 而今承下
問, 故又不得已仰告耳。

彼所謂禮服, 洋服也, 其曰"禮服", 可笑之甚。然而彼
則稱以禮服, 而其言以爲接見別遣官, 當用禮服云爾, 則自
以爲禮待別遣官, 故用禮服也。我則以不卽接見, 謂之失禮
而執言, 其何以服彼之心乎?

書契之使來留許多年, 不接見, 此非失禮? 而可謂之
以禮待人乎? 今以別遣之不卽接見, 謂之不以禮待我, 謂
之失禮, 而七八年間虛留彼使, 牢拒不受而不見, 此果得禮
而待人以禮乎? 言下不成說。反爲彼執言起怒之事, 胡爲
而發之乎?

至於"渡海講定"云者, 未知所講定者何事乎。渡海官渡
海而至於何處乎? 馬島乎? 馬島今無太守矣, 與誰講定何
事乎? 到江戶乎? 卽外務省在焉, 而將見外務卿乎? 見外

務卿，則所講定者何事乎？

彼若厭其煩費，不欲渡海官之往焉，而延拖歲月，則日本有自亂作而關白復立，馬島復設，事事如吾意乎？今此延拖緩送歲月之計，又未知何爲而然也。

彼着洋服而入讌餉，着洋服而見別遣官，我之所忌何事耶？蒙狗皮，蒙牛皮，彼之事也，我何爲拘而論其可否乎？彼之言曰"洋人着日本服，則無礙見之乎"云者，可謂名言也。空然拘礙於此等事薄物細故，而轉成葛藤，未知何爲然也。

且向來送別遣時，"草記行關"，愚見至今不知其何語也，"可斥者斥之，可許者許之"，尚未知何語也。

彼之書契，只是渠國制度變通後，從今由外務省通書講好之意而已，初未有某件事列條目者，則未知可斥者何事也，可許者何事耶？

設令有可斥、可許之事，所謂別遣卽一任譯也。交隣大事，付之一個譯員，任渠斥之許之，此爲何說也？自顧我朝廷事體，不應如此之輕忽，不論待人之何如，自侮自輕，莫甚於此。

且"萊府取見而答送"云者何語也？彼則自其外務卿抵我禮判之書，萊府一邊臣任意答送，非待彼之道，而彼果低頭恭受而去乎？

空然以別遣，又生一層節，此皆延拖歲月之計乎？萬般究說，終不得其解，而如此見侮示弱見輕，已無餘地矣。彼亦國也，豈無臣子軍民乎？況與洋打成一片久矣，其必因此而生事，灼然可知。

我雖兵精糧足，有事不如無事，況以今凡百何恃，而必激變乃已乎？此愚所日夜俯仰太息者也。

凡事必議論歸一，然後乃可做得。而況此國家大事也，豈可以閣下獨見而行之乎？必也上得聖意許可，又得院閣詳燭深量，然後乃可左右者也。此則小生之謀，非所能及者也，安敢多言乎？

又

自戊辰書契之來，"皇"字等執言，只在我國之論，而與彼人拒斥者，只是"前例所無"四字而已。

及於辛未以後，則專意拒斥，又只在"聽其陳述"四字，而慮其挾洋來市之疑，又未嘗明舉"皇"字而爲說也。

及夫數三年來，始以稱號之濫，而亦未嘗嚴辭痛斥，只是"無前例"之說而已。到今雖嚴斥其稱號之濫，而彼則曰"此何關於朝鮮乎"云爾，則萬無以此服其心之理，而只取弱國畏惻之狀而已。

非八年也。新聞紙之來自中國，卽丁卯也，今九年耳。九年之間，何寂無詰問，今始發端乎？果慮日人之出此言也，故此草中間有汚筆舌不曾舉論之句語者也。

所謂新聞紙，雖是洋人之依俙傳聞雜記也，而若非聞於日人，則渠何故爲此說耶？ 此不可以雜記而忽之者也。
中國見之，諸國洋人見之，此豈細故耶？ 何可以雜記而忽
之乎？ 大抵言之無益，緘口可也。奈何？

又

明欲會議者非他也，必也自京遣官接見，而多少詰責彼之
詭說，得其愧屈，然後許受其書而處之也。

　　此係大事，何可如是草草恩恩乎？ 許多年相持，到今
何可急遽至此耶？

　　小生前後以受爲主者也，到今非變前日之見也。 何不
下諒而如是乎？ 伏願少加斟量如何？

又

接慰官之遣，有何不可而持難乎？ 彼人之淹留多時，我之
所遣不過別遣譯官，彼必不見也。 其心必不服於禮待之薄
也，今送接慰官，則彼必又遲待而不動矣。

　　慰官一行所費，又豈足計哉？ 愚於此不勝沓沓。 畢竟
有事則其費當如何耶？ 以費論之，亦可知不可比同，何爲
而惜此一遣耶？

　　堂堂兩班之故，不可與彼相接乎？ 萬一有事，則都體

察使出去，有何着手之道耶？ 安邊撫衆等事，中國則欽差大臣無處不往。卽今雖遣小生，亦不辭矣。

又

敎意伏悉。

　大抵小生之論，自初以受爲主者也，但到今彼之肆氣發作後受之，則其爲羞恥無復可言。 故必願遣官大責丁卯新聞紙中可駭可痛之詭說。【丁卯年，日本八戶叔順有所送新聞紙中，多矯誣我國之說，先生之意，欲執此而明其間不受書契之故也。】彼必遜謝然後受之，則猶可不失體面。

　小生之言如此而已。 今若以此而謂以變改兩節，則誠難堪矣，下諒若何？

　言之無益，從此緘口，不敢復談天下事。 惟祝國家太平、生民安樂耳。

又

不顧岐異於閣下立論， 而苦苦大言曰"書契受之爲宜"云者，小生豈務勝而然乎？ 因循延拖，遂到今日，已是小生雖言而無補也。

　然而豫料，必有彼之肆氣而我乃受之之日，故萬一如此則國恥益大矣。是以有大責丁卯詭說，折服彼心，得其遜謝然後受之，則中間八九年不受之慍，亦可更不發作，而難從之請，亦可不敢輕發矣。

以此獻計，終不見聽納，而畢竟無端許受，此非生惻貌樣乎？是以竊歎不已，至於發於言語，竟不見諒，而只取前後變論之譏。於是乎言而無益，斷可知矣。

如此受之，非小生之意也。而向後彼之侮我更甚，來侵邊境，則到彼時咎歸於以受主論之人必矣，豈不冤哉？無論如此如彼，言而無補，則不如不言，所以不敢復談天下事者也。

閤下敎誨如是懇惻，人非木石，豈不感銘？而到今事勢，只可默而俟之，不宜更饒脣舌，以待自然覺悟而已。

然而終不能忘者，彼倭之視我國爲何如耶。或曰："丁卯詭說卽不過雜記、野說，則不足呶呶責之也，不如'皇'字、'勅'字之爲重也。"

愚則曰不然。彼旣做詭而布之於洋人，刻之新聞紙，流入中國，遂至禮部之行咨，則此事之駭愰，何異於史傳之記載乎？

以事體言之，則其時卽送書契，詰責於日本，不可已者，而尙今不擧，實爲失計。國之被誣，比諸渠輩自尊其君之"皇"字、"勅"字，果何如耶？以彼爲重，看作義理，以此爲輕，謂不足辨，小生誠不得解也。

到今事已無及，言之無益，而失此好材料、好機會，若於受書之答，始責此事，則無靈之說，而竟無安帖之日，小生又不知其可也。只是煩悶默禱天地、祖宗陰騭而已。

雜文

辨人家所藏宋高宗書軸

宋高宗御書《禊帖》帖尾馬和之畫《蘭亭修禊圖》，有淳熙四年德壽宮侍宴諸臣署名，"左僕射陳俊卿、右僕射虞允文、知閣張掄、寶謨閣學士楊萬里。南軒先生以右文殿脩撰與焉"。書畫頗精，且有諸公款記，若是德壽眞迹，足稱寶玩。

所未可知者，陳、虞兩公竝居僕射，在乾道五年，翌年陳公先罷，不數年改尚書左右，爲左右丞相，而虞公亦罷爲四川宣撫使，以淳熙元年卒於四川。

此卷所記德壽賜宴乃淳熙四年事，則兩公一罷一逝，各爲八年、四年之久，官名亦已改矣，何得稱左右僕射而與宴署名耶？

首尾有御書印二，紹興年號小印二，太上皇帝寶一。

金閶巧手，多有此等贗品，逾多而逾不能掩其拙，不足以眩人眼也。

贈人入燕序【壬辰】

士別贈言，古之道也。言不必文，適其實爾；文不必夸，達其志爾。子之行也，吾未詳子之志之實，是以不能言也。

　　觀乎大都市之中衆人之行，遇丹漆、膠角而顧之，必良弓氏也；顧鑑燧、五金之齊者，必良冶氏也；顧珠璣、錦罽、羽翠、文屏者，必飾詭服以自喜者也。

　　非他也，業之習、志之專、性之嗜好，不一故耳。百工之居貨者如是，爲文章取材於群書之府者如是，博觀遠遊爲山川人物之論者亦如是。類聚群分，其趣萬殊，聲氣之感，同者是求。

　　子將行矣，觀其色，有躍然不自勝之喜，吾未知是將求醫巫閭之珣玗琪者乎，幽、幷之利刀弓車者乎。是以不能言也。

　　君子居室出言，應在千里之外，況子遊歷帝王之都、天下士大夫之淵藪？

　　吾未知子之寓目騁懷者何如也，邂逅結識者何如也。將俟其歸而細叩之，姑未可以虛辭相贈。

《逃禪菴詩稿》跋

全君文祖裒輯其王父逃禪菴詩稿，持以示余，求一言以敘其後。

余念"陳詩觀風"之政廢，而治教之汙隆、民生之苦樂，不可得以考矣。雖然詩之道未嘗廢也，故自漢、魏以下作者諸家，其所遇之時、所處之地與夫志之所存、情之所感，往往可述。而至若窮廬、陋巷之中，士有鬱於志而發於言，憂愁、嬉愉、怨刺、諷美，有足以觀其人論其世者，乃斷章殘編，亦或泯而不傳，甚可惜也。

余素不工於詩，且不嫻聲律，每讀古今人詩集，雖未能甚省，而亦未嘗不鼓舞乎《慶雲》、《擊壤》之謠，悽惻乎《北風》、《雨雪》之思者，詩道之可以興、可以觀，蓋無今古之殊別故爾。

今夫逃禪翁之為詩，亦處乎窮廬、陋巷之中，鬱於志而發於言者也。然而溫厚和平，無憔枯悽愴之辭，敷腴婉麗，無尖峭詭奇之語。若是者，豈非值時清平，民物熙怡，耳目之所遭遇、心志之所感發，自有不期然而然者乎？而又未嘗以一身之榮枯，動輒為之欣戚焉，則亦足觀夫作者之性情矣。

是稿之傳與不傳，吾固不敢知，而若幸而得傳焉，則後之覽者，庶幾知翁之志之所存與夫所值之世果何如也。

詩稿凡四卷，附以雜文若干首，共為五卷。

文祖年老好《易》，研究靡懈，收拾家稿又如此，殆其傳後也無疑夫！

安州百祥樓重修記【代人作】

節度使平康蔡公統關西兵馬苣鎮安州之明年，旣繕戎器，蒐軍實，儲胥充備，壁壘增彩。乃謀於州牧金侯奭根曰："百祥樓者，麗代之舊迹而西州之名勝也。傑構偉觀，久益傾圮，岌岌乎其不可以不修也。"

於是鳩材庀工，商度盈絀。又明年辛未孟春，爰始厥功，閱五朔而悉復其舊，翼然者，飛甍、竦桷也；煥然者，朱棟、畫欄也。

某月日會賓僚置酒以落之，永柔縣令李某禮當有賀語，矧節度公之見屬以紀實之文者乎？

竊嘗聞之，樓臺、亭榭之興廢、成毀，亦有與於政術治理之盛衰利弊，誠以至足然後可以舉賁飾之美，有餘然後可以行暇豫之樂。

夫民國公私之間，所以致此至足，必有其道，致此有餘，必有其事，則以彼之興廢成毀，論此之盛衰利弊，不亦宜乎？

嗟乎！是樓之幾廢而復興，垂毀而重完，豈非有待於今日？而某之不敢鋪張敍述者，爲其嫌於誇與詔，而非大帥、明府之所樂聞也。

若夫臨渤海，接靺鞨，通遼、薊，據灤、洟，而爲之要衝者，此州之形勝也。昇平百年，烽燧久冷，登樓四顧，其必有沈吟以思之者矣。

望田野之荒闢，辨閭井之聚散，舟車之委輸、金穀之流通、農工商賈之樂生興事、都人士女之歌舞嬉遊，繁華凋殘，時或不同，登樓四顧，其必有領略而商量者矣。

乃或星月皎潔，城角吟霜，歸鴻落葉，撼人中腸，將軍不眠，太守無寐，又或朔風折綿，大雪滿地，冰山銀海，行人斷絕，轅門則金柝寂寥，墟落則煙火蕭瑟，于斯時也，登樓四顧，非無烹羔美酒，擁貂佳人，可以洗撫釰之胸而佐擊壺之歌。

惟是關塞戍卒，寒不得衣者幾人，蔀屋窮民，飢不得食者幾人，慨然一念起而彷徨，爛爛煌煌，仰見北斗，瓊樓玉宇，父母孔邇，始知將帥、牧守之登斯樓也，亦異乎騷人、墨客縱目盪胸之爲樂也。

凡樓之宏麗爽塏，景物之以時萬變，冠蓋車馬之迎送離合，茲不具述。

舊傳樓建於高麗忠肅王時，樓之號百祥，當是祈祝之辭，抑所謂"作善，降之百祥"者歟！

題《顧祠飲福圖》

卷中之人，展紙據案，援筆欲書者，戶部郎中王拯少鶴也。把蠅拂沈吟有思者，兵部郎中黃雲鵠緗雲也。立而凝眸者，翰林檢討董文煥研樵也。持扇倚坐者，廬州知府馮志沂魯川也。坐魯川之右者，翰林編修沈秉成仲復也。對魯川而坐者，兵部主事王軒霞舉也。據案俯躬而微笑者，朝鮮副使朴珪壽瓛卿也。魯川時赴熱河未還，爲之補寫焉。

昔亭林先生北遊至都下，嘗棲止於城西之慈仁寺。後
之學者想慕遺躅，道光癸卯建祠於寺之西南隅以祀先生，
道州何君子貞寔始經營云。

珪壽夙尚先生之學，歲咸豐辛酉奉使入都，幸從諸君
子，祗謁先生，特設一祭。退而飲福於禪房，相與論古音之
正訛、經學之興衰，蓋俯仰感慨而樂亦不可勝也。

旣東歸，不復見諸君子已三載，追思向之讌會談笑，鬚
眉衣冠發於夢寐，遂命畫史繪《顧祠飲福圖》。

其貌寫諸君，悉由余心想口授，而肥瘦、方圓尚不能
肖之，況可與論於傳神乎？當面繪我而尚不能肖之，況隔
遠千里之外哉？使我而工於畫者，爲此圖必有道焉，惜乎！
其不能也。

嗟乎！聚散離合理所固有，若心性則無間於山海之間
矣，篤於友朋者，皆自知之。

諸君子儻求良史，各肖其貌，更寫此圖，以之相贈，豈
不大慰天涯故人之望耶？

題凌壺畫幀

凌壺處士清操高節，爲當時士友推重，所從遊盡鉅公名儒，
一代風氣殆與東京諸君子作先後進。

書畫、翰墨，特餘事耳，今留在世間，亦甚鮮焉。卽不

過扇上小景、帖尾漫筆，偶然而作，不甚置意者。然於此有可以像想神韻，領略襟期。

處士平生喜丹陽山水，一遊再遊，志在築室終老。是故每多作崚巖奇石、屈奇古木，泓淳蕭瑟，非塵寰境。

今此幅亦可見處士胸次，不止以畫筆古雅論也。處士書學魯公，篆又最古，其畫法又皆篆勢耳。

此幅爲倉山侍郎所藏。

題兪堯仙所藏秋史遺墨

青海兪堯仙得阮堂遺墨二聯而失之十有八年，復得於御史府廊壁間，其事甚奇，韋史尚書爲記其詳。

堯仙持以示余，阮翁此書在其易簀前幾日，蓋絕筆也。神王氣鬯，誠如其自題語，已足寶重，而既失復得，殆若有物相之。堯仙之携歸青海，必有米家船貫月虹光也。

阮翁書，自少至老其法屢變。少時專意董玄宰，中歲從覃溪遊，極力效其書，有濃厚少骨之嫌。既而從蘇、米，變李北海，益蒼蔚勁健，遂得率更神髓。

晚年渡海還後，無復拘牽步趣，集衆家長，自成一法，神來氣來如海似潮，不但文章家爲然。

而不知者或以爲豪放、縱恣，殊不知其爲謹嚴之極。是故余嘗言後生少年不宜輕易學阮翁書云爾，且余嘗謂公之書實從松雪得力，聞之者皆以爲不然也。

堯仙之歸，仍錄以贈之。

《尙古圖》按說十則【瑄壽按：《尙古圖》者，先兄弱冠時所著書名也。義例採西漢以來人物事實而附以議論， 部目仿王弇²州《觸咏攬³勝圖》， 故命名《尙古圖》。凡八十部，每部六目，總四百有八十目。今取十則，附之集末。】

諸葛子草堂閑居

論曰：

　何以觀士？出、處而已。何以觀出處？義、利而已。

　苟得其正以出，則不能致其君於堯、舜，弗措也；不能致其民於堯、舜，弗措也。

　苟不然者，數畝之宮，樹之株桑，一廛之地，耕之斗粟，怡然無足以易其樂者。

　湯三使往聘之，伊尹始幡然而起，其志將幡然，而不敢不自重者歟！

　諸葛公，偉人也，其必有素志焉。

　念齋曰："開卷第一義，便論士之出、處，深有得於古聖賢著書正始之旨。"

2　弇：底本에는 "荅". 통상적인 호에 의거하여 수정.
3　攬：底本에는 "覽". 原題에 근거하여 수정.

李貞公延英退朝

論曰：

汲黯之於武帝，魏徵之於文皇，皆以謇諤立朝，見敬禮於人主者也。然淮陽之召不至，而昭陵之碑竟仆。蓋時君世主，只知納忠容直之名之美，而未嘗究求其利之及於民而施乎國故也。

若李貞公之於憲宗也，終始以直道進退，危言苦諫，犯顏逆耳者亦屢矣。然蓬萊之回獵，吐突之補外，臣主遭遇之隆，未嘗替焉，何其盛也？抑憲宗獎容之度，有大過人者歟？

《易》曰"納約自牖，无咎"，若貞公者近之矣。

念齋曰："'九重移榻數召見，夾城日高未下殿。英謀秘語人不知，左右惟聞至尊羨'，此李獻吉贈劉大夏語也。前後明良相遭，臣主俱榮之盛，可謂'炳炳麟麟，榮鏡宇宙'矣。"

范希文請興學校、清選舉

論曰：

興學校如之何？

立塾、庠、序、學之制，設辨志、敬業之科，可謂之學校興歟？是之謂學校之盛制可，於本則未也。

崇米廩、薦宗之祀，舉饗食、丐言之禮，可謂之學校興歟？是之謂學校之盛禮可，於本則未也。

然則如之何而可也？蓋亦明其本而已矣。

夫士何爲者也？夫士者，生人之大本而聞道者之美名也。何爲[4]生人之大本？何謂聞道之美名？惟其名義之不明辨，故自拋棄不之惜焉；惟其大本之不早審，故鮮有能守其本而不失之者也。

嗟乎！民物之生久矣。唐、虞曰“百姓”、曰“黎民”、曰“烝民”，夏曰“兆民”，殷曰“萬民”、曰庶民，周曰“萬姓”、曰“生民”，秦曰“黔首”，漢曰“元元”，代各增其名而殊其稱。至於士也，號未嘗加乎昔而稱未嘗異乎前者，是豈賤之哉？以其爲生人之大本，而不可得而加損之也。

夫人之有孝悌、忠順之德也，何莫非士也。士之以百畝爲己憂，勤力以長地財者，謂之“農”；士之飭五材辨民器，開利用厚生之物者，謂之“工”；士之貿遷有無，通四方之珍異，以資之者，謂之“商”。其身則士，其業則農、工、商、賈之事也。

昔者大舜之未徵庸也，嘗于歷山往于田，陶于河濱而器不苦窳。伊尹之未就湯也，嘗於畎畝之中樂堯、舜之道，若將終身焉。惟說之未立相也，築于傅巖之下焉，后稷氏之貿遷有無，端木賜之貨殖屢中，皆未嘗離乎士之爲道焉。是故業之不同，道無殊別，名雖列四，士則一也。

士之受其職居其官，作而行之曰“士大夫”。士之欣欣休休，容民畜衆，論道經邦，燮理陰陽曰“三公”。士之舉神祇

---

4 爲：《瓏齋叢書·尙古圖會文義例》에는 “謂”.

順宗廟，不敢變禮樂易制度，分茅錫土，有功德加於民者曰
"諸侯"。士之辨方正位，體國經野，設官分職，以爲民極，
受帝之命，恭己南面曰"天子"。其身則士，其爵則天子也。
天子之子繼序而立，亦天子也。《士冠禮》曰："天子之元子
猶士也，天下無生而貴者也。"是故其賤則匹夫，其貴則天
子，而莫非士也。是故一命之士，謂之"士"者，明其由於士
而及王公也，欲其貴而能不忘本也。

　　夫本者，物之命也，木亡本則薨，水亡本則涸。是故
士、庶人忘士則災及身，卿、大夫忘士則喪其家，諸侯忘
士則覆宗廟，天子忘士則天下之大無所措其躬。故士者，有
國之元氣也。

　　《詩》云："濟濟多士，文王以寧。"以文王之聖而賴之以
寧，豈非有國之元氣乎？

　　《說命》曰："股肱惟人，良臣惟聖。"雖聖人，須良臣而
乃聖，斯豈非有國之元氣乎？

　　《孟子》曰："二老者，天下之大老也。天下之父歸之，
其子焉往乎？"夫伯夷、太公，天下之大士也，天下之大士
歸之而天下服，非元氣而能如是乎？

　　是故粟帛之賦、金銅之積，非不足以恃其富；兵甲之
利、車馬之衆，非不足以恃其強；山河之險、城郭之堅，非
不足以恃其固。惟有士而後可恃以爲國也。

　　《書》曰："嘉言罔攸伏，野無遺賢，萬國咸寧。"必也野
無遺賢，然後邦家可以咸寧，是豈不足恃者乎？

　　《書》曰："受有臣億兆夷人，離心離德，予有亂臣十人，

同心同德。"彼同心同德者，豈非凡周之士乎？

《易》曰："觀國之光，利用賓于王。"《詩》云："樂只君子，邦家之光。"彼利用賓于王者，固國之光也，他又何觀焉？

《說命》曰："惟說式克欽承，旁招俊乂，列于庶位。"當是時也，殷道中衰矣，夫說豈無所用其心哉？亦以俊乂之在官是急，豈非知治之所本者乎？

《易》曰："拔茅茹，以其彙征，吉。"一人進乎朝，其利溥矣哉！

《易》曰："天地閉，賢人隱。"《詩》云："人之云亡，邦國殄瘁。"夫一人之隱，天地之大而爲之閉焉；一人之亡，邦國之重而爲之殄瘁焉，豈不大可懼哉？

《詩》云："樂只君子，邦家之基。"《詩》云："豈弟君子，四方爲綱。"既爲之基，又爲之綱，綱基之不足恃而又何求？

是故玉杯、雕牆，未足敗人之國；喜兵、好色，不能喪人之邦，惟其有善士也。

故孔子言衛靈公之無道也，康子曰："夫如是，奚以不喪？"孔子曰："仲叔圉治賓客，祝鮀治宗廟，王孫賈治軍旅。夫如是，奚其喪？"孟子曰："紂之去武丁未久也，其故家、遺俗、流風、善政，猶有存者。又有微子、微仲、王子比干、箕子、膠鬲，皆賢人也。相與輔相之，故久而後失之也。"士之重於國也，如是夫！

夫士何爲者也？何如斯可謂之士也？

貴爲天子而不足以爲泰，富有九宇而不足以爲濫，趨廊廟而陳謨猷，鳴和鸞而拖錦紳，令聞令望，達于四方，而不足以爲榮，處於畎畝之中，與木石居，與鹿豕友，而餒其體膚，空乏其身，行拂亂其所爲，不足以爲窮且辱也。

黃帝、堯、舜、禹、湯、文、武、伊、傅、周公，士之有其位而行其道者也；仲尼、顏淵、子思、子輿，士之無其位而存其道者也。

嗟乎！學校之政闕而師道廢久矣，將何以作髦士，登明良乎？

人孰不好名譽也？昔之人孝悌、忠信，後之人假仁、借義；昔之人假仁、借義，後之人輕財、急難；昔之人輕財、急難，後之人尚口、強辯；昔之人尚口、強辯，後之人巧言、令色。

人孰不好燕居也？昔之人繩樞、甕牖，後之人寢室、重門；昔之人寢室、重門，後之人崇臺、廣廈；昔之人崇臺、廣廈，後之人洞房、複壁。

人孰不好美飾也？昔之人黼黻、璜琚，後之人博帶、峨冠；昔之人博帶、峨冠，後之人輕裘、玉珂；昔之人輕裘、玉珂，後之人如意、蠅拂。

人孰不好文章也？昔之人絃歌、執禮，後之人高文、典冊；昔之人高文、典冊，後之人駢儷、藻繢；昔之人駢儷、藻繢，後之人戲本、塡曲。

是故古昔聖王之制禮樂也，仰以察乎天理，俯以察乎人事，有以知夫人之氣質之所偏、耳目之所蔽，而有憂其役於物而遷于外也。

於是乎宮室之制、衣裳之盛、簠簋之飾、圭璋之美、車服之儀，以導其目焉；笙鏞、琴瑟、鏘玉、和鸞，以導其耳焉。揖讓、拜俯，詠歌、舞蹈，以動盪其血脈，宣發其壹鬱，使心之所之、目之所寓、耳之所接，語默動靜之間，莫不導之正也。匡之、直之、輔之、翼之，從而振德之，聖人之憂民，若是其急也。此司徒之職、典樂之官所由設也。

今夫家習功利之說，人誇佞敏之致，笑忠厚爲愚戇，訾老成以迂遠。彼冠章甫而立庠舍者，始焉踽踽乎身無所適，終焉倀倀乎心無所主，從而自拋棄不自重惜也。於是乎終日而善言不出乎口，終歲而善行不由乎身。

抱《詩》、《書》而無所鼓動振作，則亦不足以爲悅也，棄之而操博奕焉。與人交，人之虛心知過者鮮矣，則終身無友朋切偲之樂也，於是乎謗擊之習長焉。

彼閭里自好者，乃從而嗤鄙之，不欲涉迹焉，是豈學校之罪也？邯鄲之步善於天下而人恥之效者，以其妖佻而儌儳也。而況剽竊經旨，尋行數墨，務欲姿媚以悅人者乎？

然而子弟弄柔翰而操華簡，則父母喜之，鄉人慕之；子弟抱琴瑟而歷階，學操縵而安絃，則父母憂之，鄉人厭之。是豈琴瑟之罪也？甚者嗤揖讓以詭激，笑舞蹈以駭異，是豈揖讓、舞蹈之不足爲也？

夫禮樂者，爲治之本，而學校者，禮樂之本也。有欲致太平於聖人之世者，其將興貨財乎？重刑法乎？繕甲兵乎？修城池乎？聖人復起，其必有所先後矣。

念齋曰：“大議論、大文字，可讀不可評。燕巖先生巾衍稿中有《原士》篇，大旨以士爲生人大本爲主，今讀此篇，知淵源家庭，重可敬也。”

唐國初置府兵

論曰：

語曰：“兵猶火也，不戢將自焚。”以唐室之興廢而觀之，其不戢之患，噫已甚矣！

或曰：“與其存之不戢而憂其自焚也，無寧棄之而不舉？不復論其戢與不戢也。”此誠有不然者。

今夫東隣之家，有晨炊而失火者。當火之延棟摧宇也，家人之號咷冤憤，有若誓不復舉火而食者。然及其夕也，乃復採薪於林，乞火於隣者，以其不可捨而爲生故也。

蓋古者至德之爲治也，其國之治亂興亡，莫不由德，而降及後世，亦鮮不以兵。子曰：“足食足兵，民信之矣。”夫兵豈非重事歟？此不可一日置之而不講者也。

然則其所以戢之當奈何？亦惟遵奉古法，守而不擾而已也。

蓋古者兵起於井田，民兵爲一，寓之於農。及周之衰，王制壞而不復，自秦、漢以來，皆因時制變，苟利趨便，而考其法制，雖可用於一時，而不足施於後世者多矣。

惟唐之“府兵”頗合古法，其居處、教養、畜材、待事、動作、休息，皆有節目。是故高祖、太宗之世，海內晏然，以致昇平。雖有疆場小警，其調徵有制，措置不紊，故民不煩擾矣。

及其後世，子孫驕弱，不能遵守，輒復變易，府兵之廢而爲彍騎，彍騎之廢而方鎮之兵盛焉，遂致喪亂而竟不覺悟，哀哉！

初府兵之設，居無事時，耕作於野，其番上者宿衛京師而已。若四方有事，則命將以出，事罷卽解，兵散于府，將歸于朝。故士不失業，而將無据兵之重，所以防微漸絶禍亂之萌也。

及彍騎廢而方鎮日盛，驕卒、悍將，雖無事時，恒據方面專號令，不煩兵革，而天子居然坐失其天下矣。原其本，則莫不由於府兵之法壞故也。吾故曰：「善戢兵者，惟遵奉古法，守而不擾而已也。」

當肅、代之際，海內金革殆無虛日，縱欲復行府兵之制，勢固不可成矣。然苟能銳意戮力，平一鎮則施之於一鎮，定一州則施之於一州，爲之措置之、區畫之，如李泌之西京屯田，則亦或有漸復之勢矣。

至於德宗以下，雖有善謀國者，亦無所施矣。然彼爲當時臣子者，徒知憂國勢之削弱，嘆王室之衰微，而未嘗言削弱衰微之由，原於府兵之廢壞者何也？抑以時事無可爲，而空言無所施歟？

然古之人建大議、陳大計者，未嘗以時之不可爲而廢其事，事之不得施而廢其言者，縱不得成就當時，而猶能取範於後世也。此吾所以竊爲唐室謀國政者惜之者也。

按德宗時，段秀實以禁兵寡弱，請留意廣選。及涇原兵亂，德宗出奔，禁兵寡弱，不足備非常，時以秀實言爲信然也。若段公者，可謂知時務之所先後者也，其於府兵之制，宜有所講究者矣。

宋太祖置封樁庫

論曰：

宋太祖之置封樁庫，深憂大計也，其公于民而不私己，可謂善矣。然竊謂是庫宜罷，何也？

大凡戎狄貪利無厭，可征伐以斥之，不可以金帛啗之而止。此宜罷者一也。

既不可啗之以金帛，而不得不攻而取之，則命將戒士，定謀伐計，必也籍不再考，糧不三載，復先王之區宇，拯赤子之焚溺，然後乃可謂王者師也。然則命度支以糧載，徵作部以鎧甲，無所不可也。夫何必別貯金帛，然後乃可謀功也？此宜罷者二也。

未及以金帛誘之，又未及興師整旅，快雪前人之恥，而徒見金帛之日聚於內庫，則有若人主之別有私藏以圖贏利者，下民之惑，將滋甚矣。此宜罷者三也。

若以金帛啗之，則彼雖貪利而許之，必不肯南向而稱臣，則其必以與國之禮相待矣。以堂堂天下之主，紛紜以金、繪、珠玉之物，相執而聘報之，則豈非羞恥之甚者乎？

他日之澶淵交盟，南渡之和議誤國，終焉委靡不振者，未嘗不由於是焉。欲征則征，夫何必金帛啗之之爲也？此宜罷者四也。

念齋曰：“此篇論封樁利害，明白剴切，可入於宋人奏議之中。此正朱子所論任私人、用私財之失者，而我東尤菴先生欲罷內帑別儲者，亦以是耳。

唐太和中維州利害

論曰：

唐文宗維州處斷，論者不一，而司馬溫公、致堂胡氏之說最相反。

有曰：“論者多疑維州之取捨，不能決牛、李之是非。臣以爲是時唐新與吐蕃修好而納其維州，以利言之，則維州小而信大；以害言之，則維州緩而關中急。然則爲唐計者，宜何先乎？悉怛謀在唐則爲向化，在吐蕃不免爲叛臣。其受誅也，又何矜焉？且德裕所言者利也，僧孺所言者義也。匹夫徇利而忘義，人猶恥之，況天子乎？以是觀之，牛、李之是非，端可見矣。”此司馬公之論也。

有曰：“維州，本唐地，爲吐蕃所侵。乃欲守區區之信，舉險要而棄之可乎？夫奪我之地而納我以盟，此正蒲人所以要孔子者，不可謂之信也。取我故地，乃義所當爲。司馬不以義斷之，而以利害爲言，過矣。故以維州歸吐蕃，棄祖宗土宇，縛送悉怛謀，沮歸附之心，僧孺以小信妨大計也。下維州，遣兵據之，洗數十年之恥，追獎悉怛謀，贈以右秩，德裕之大義，謀國事也。”此胡致堂之論也。

司馬公右僧孺，胡氏右德裕，今人宜何主乎？竊謂當主胡氏。余嘗擬作太和廷臣狀奏以斷之，其說曰：

伏以大唐受命有天下以來，德化覃被，聲教四訖，頡利呈舞，馮智獻詩。

比及貞觀，胡越一家，蠢茲吐蕃，乃敢負固不服，肆其猖狃狃狂，侵我西疆。乃至廣德之初，竟致《板》、《蕩》之亂，河、湟以西不復作衣冠之鄉矣，以祖宗字息之赤子，化犬戎左衽之俘虜。如此而不思拯救之，其可謂王者政乎？

今悉怛謀以維州來降，究其情，則乃是歸順向化之一善民，非有構怨樂禍之謀。在中國，則爲收復祖宗之一州郡，非有發民迎勞之費。

論者乃曰："國家比來，修好罷兵，卽土地不可受，畔將不可容。彼若牧馬臨境，責以失信，雖得百維州何益？"噫！何其不思之甚也？

夫禦戎之道有二焉。堯、舜在上，元凱登朝，都俞吁咈，垂拱平章。彼乃篚厥南金、大貝，執其璆琳、楛矢，于于梯航，蹈舞帝庭，則上矣。

不然則詰我戎兵，張皇六師，以揚祖宗之光烈，無壞祖宗之付任。此則周、召之告成、康也。

今吐蕃北敗于回紇，南困于南詔，蓋方兵力不支，又恐天討輒下，乃敢乞好而苟安。朝廷姑且勉許，以觀其變。

然臣等備位宰輔，既不能宣布聖化，賓服遠人，又不能勒兵制師，廓淸邊塵，坐視修好使者日往來河、湟之外，此固臣等之罪也。

今議者乃反區區於要盟之約，汲汲於反俘之惠，謂"信於此則可以服反覆之羌虜"，謂"信於此則可以絶騷撓之邊警"，固執微諒，不顧大體，臣竊痛之。

必如議者之言，則將縛其人，封其土而還之，走一价而告之曰"聖天子不失信於外國，不私惠於叛臣。茲將反爾來降者，縛而還之"云矣。

臣不知今日國家何故而爲此弱國危邦畏天者之舉也。假如吐蕃萬一或幸感戴皇恩，斂手退伏，顧可以弭他胡侮慢之心，而塞異日譏惜之口哉？且夫禽獸之困於鷙鳥、猛獸者，窮則投人焉，夫人者反取而飼諸鷙鳥、猛獸，則不祥孰甚焉？

今悉怛之來，又不徒急而投之也。揣量廟謀之必欲收復舊土，拯救陷民而來款，首功也。若復縛其人、封其土而歸之，則是違天地好生之德，墜祖宗創業之烈，而啓蠻夷猾夏之漸，貽後代無窮之禍也，惡在其仁義、恩信久安長治之策哉？

且今論者以爲國家受悉怛之降，納維州之土，吐蕃必朝聞而夕至。臣以爲卽此可覘吐蕃之虛實。

彼方困而請好，朝廷且許之，其邊備固已解矣。今聞中國之受維州，則必遣詰問，觀其忌慢如何而強弱可計矣。

儻如議者之言，因而稱兵，則臣謂卽此可爲收復河、湟之一大機會。伏見西川節度使李德裕奏議，請以生羌三千人，擣虜之虛。陛下若迨此而許其出師，以悉怛爲嚮導，掩其不備，則不但復我舊土，其將臣服萬里，豈不盛哉？豈不快哉？

彼若大舉犯順，亦當用奇兵、捷卒，先發而折其鋒也。

因此而雪祖宗之恥, 復河、湟之舊, 遂提西荒之地, 賞悉怛歸附之功, 則恩信既孚, 威憚旁達, 不特西蕃無虞而已, 萬世永賴之業, 在此舉措。

念齋曰: "維州利害, 無甚可疑。 特以司馬公右僧孺, 故有不敢遽然立說。 若以司馬公之說而必欲曲從, 則如疑孟尊荀、偽蜀帝魏, 亦將唯唯而無二辭哉?"

沆瀣曰: "愚見常右胡論。 蓋不受維州猶可也, 縛送向化之人, 俾極慘酷之刑, 曾謂仁者有是乎? 此全出太牢公黨心。"

岳鄂王奉金字牌

論曰:

議者多以岳王朱仙之役, 奉金牌班師爲恨, 以爲"岳王用大夫出疆之法, 不奉詔而進兵, 可以復讎而定中原也"。

有明王世貞、李攀龍諸人, 皆以是說爲非焉。 其言曰: "凡可以用出疆之法, 不奉詔而進兵者, 勢足以制內者也。 勢不足制內而爲之者必敗, 勢足以制內而爲之, 非純臣也。

有如岳王不奉詔而進兵, 檜以一尺[5]削岳王官, 使一部曲代之而歸, 何以自處乎? 奉詔而不至, 則伍胥之鑲鏤、陽周之賜劍, 至矣。 劍不至, 班師之詔更而爲誅反之詔矣。

---

5 一尺: 《弇州四部稿·史論 岳飛》에는 "尺一".

岳王雖强，兩河之兵雖響應，勢不能獨舉。必用韓世忠、張俊、劉錡、王德、吳璘而猗角殿應之，然後金之膽寒而中原可全復。

今諸帥一時奉詔而歸，岳王獨以孤軍深入，情見氣憺，而虜悉衆以拒我，則勝敗之機，未有所分也。"

嗟乎！若然者，岳王之師不可以不歸，亦不得不奉詔也。

然當是時也，一岳王南則赴君上之召也，北則爲百姓社稷。孟子曰："民爲貴，社稷次之，君爲輕。"此實九仞一簣之功，而千秋難再之機也。爲岳王者，奉詔而還，則不惟誤進取之大計而已也，且不得保其身而圖再舉也。

不奉詔而進，則雖一尺而削其官，十行而誣叛逆，王之精忠大節，素信服於天下，則無足以惑三軍而失聲勢矣。且秦檜之倡和議，天下之所共聞也；高宗之付岳王以中原之事，亦天下之所共知也。然則王之不奉詔，亦有辭焉。

若復固守鄢城，封還金牌，馳一騎而奏之曰："臣以滅賊之功成在朝夕，詔旨諭臣，臣不敢奉。容臣盡俘金虜，獻于太廟，以復天下之讎，雪祖宗之恥，乃伏違命之罪，湯鑊斧鉞，甘心無悔。"然後號召豪傑，糾合義旅，乘常勝之氣，清中原之虜，乃復釋甲南向，面縛以見帝曰："嚮者爲社稷逆君命，臣罪當誅。今幸社稷不辱，臣請膏一劍，以謝天下。"雖百秦檜在，亦必無奈焉。

議者所以感憤不已者，蓋亦至恨苦心而已矣。然亦豈全無關係商量者耶？若謂"諸將奉詔南歸，岳王深入軍孤"，則蓋亦不量之甚矣。

當時諸將之和附和議者，獨一張俊也，忌疾岳王者，亦一張俊也。他將之如韓、劉、王、吳，則皆疾視議和，而未必忌疾乎岳王之成功矣。

岳王若不奉詔，則亦必慮及於諸軍之失應矣。然則亦當以大夫出疆之義、將帥在外之律，馳一檄而申告于諸帥，則韓、劉諸將亦未必其逖退而競還矣。

王、李諸論，又以大夫出疆之法爲不可用也。若然者，大夫出疆，一以慮成敗之機，一以顧不純之嫌，雖有專之可以利於國者，亦不敢遂其事也。然則專之之道爲犯逆，而《春秋》之義爲不可也，豈有是哉？岳王，非不可與權者也。

念齋曰："此等文字，不必苛論其時宜之然不然，不妨自立一說以攄千古之忿恨。"

謝安聞符堅入寇

論曰：

晉人淝水之捷，說者皆歸之天幸，謝安賭棋之事，又以爲矯情而貶薄之，夫何其不量事理而徒騖持論也？

兵法豈不云乎？"夫兵者，凶器也。"雖有孫·吳之智、賁·育之勇，及其成功也，何莫非天幸也？又嘗曰："戰者，逆德也。"其權謀術數之用、奇勝詭取之法，有甚於圍棋遊陟之事者，何莫非矯情也？

古來成功於天幸，而得勝於矯情者，非惟謝安一人，而乃獨受其目者何也？蓋亦責賢之義歟！

嗟乎！當符堅之南犯也，其兵甲之盛、輜糧之衆，比之一隅之晉，不啻若泰山之壓一卵耳，謝安亦安得無所懼哉？然彼所以夷然而不動者，蓋亦有所察而所恃者存爾。

《傳》曰："天時不如地利，地利不如人和。"夫符堅之伐晉，秦人之所不欲也。堅在前則背王猛將死之言，在後則違符融苦口之爭，在內則拒張氏之挽、子詵之諫，在外則棄權翼之議、石越之喻，加之以志驕氣盈貪欲無厭，不可謂得人和矣。

大凡用兵之家，必先固根本，先實腹心，使無內顧之憂，然後可以圖人也。今堅身離巢穴，傾國遠寇，內無宿將重兵之留，後有鮮卑、涼、羌之憂。又不知先下荊襄以據上游，次收淮南，分趨建業，乃悉重兵臨長江，前後不能救，首尾不相應，此必敗之術也。既失負隅之聲勢，輕欲投鞭而斷流，不可謂處地利矣。

晉氏之德未有大惡，君臣輯睦，將相調和，天意之未欲遽亡，可以知也。且石越之言曰："福德在吳，伐之必有天殃。"又不可謂順天時也。

晉人則在人而得其和，在地而處其利，在天而順其時，此所以取勝之道也。由是言之，豈可謂天幸而已？雖謂之人力，或可矣。

謝安既審其成功之機，則夫豈有怔怯憂懼之情哉？惟當靜以鎮之，內以安騷擾之民心，外以繫危懼之軍情矣，何必曰"矯情"也？雖謂之眞情，亦可矣。

然將帥之能，在乎法古，法古之妙，在乎運用。苟或事有緩急之殊，兵有利鈍之異，而欲效謝安之事，則不亦殆哉？愚謂有謝安之量，處謝安之時，然後始可有此功也。

念齋曰：“因天幸、矯情二案，發一篇論兵文字。其論晉·秦虛實、符·謝勝負，又如身在行間，指畫利害，如此議論，眞未易多得。”

沆瀣曰：“文學之士，每於論兵處，露出紙上空言底本色。今桓卿之論，指陳時勢，揣摩人情，鑿鑿如身親當之，何等見識，何等文章！”

蘇老泉閉戶讀書

論曰：

余嘗有豫章之說，其說曰：

豫章者，木之大而材之美者也。生於大次之西、區陽之阜，雨暘之所煦濡，霜雪之所振撼，七年然後乃始辨其葉與莖也。

楚王作章華之宮，建中天之臺，訪荊山之林，搜雲夢之藪，以求梁栭之用。公輸般進曰：“臣之邑，有巨材焉。”退而治斧鐋三日，乃敢率其徒致木所，仰而思、俯而歎，據其根而憩焉。

其徒問於公輸般曰：“是木也，胡爲而然哉？生乎莽蒼之野，翹乎衆卉之中，其望也翼翼然車蓋之施乎輈也，其卽也莫莫乎上淹雲日，馹馬之乘止于下。而西隣之夫耕不顧焉，蓋未嘗不顧也，根株蔽之也。

夫木之得地力也，固同矣。然亦嘗有上繚喬者，有族生灌者，又嘗有無枝橚者焉。然木之至於斯也，小人未之嘗聞焉。無或卉之妖而木之祥者乎？”

公輸般局局然笑曰：“宜乎！子之惑斯木也。子之觀在乎喬灌材而已矣。

春猛風撼條，雨水既降，先王以疏達之器、特牲之脾，祀其神句芒。於是土長冒橛，其氣蒸達。

木物之生，皆句屈而芒角焉，夫善審材者，未嘗待木之翳然而較之以尋尺焉，善審材者，眠木之甲坼而知焉。

故一歲之卉，其鋪根而立柢也，十其木而一深之，十年之木五深之，五十年之木七八深之，百歲之材，其鋪根而立柢也，與其樹出地之高等焉，槙櫨之樹，其深也倍其高焉。

夫木之始生也，朒脝若嬰兒之拳，及其苗也，及人之踝焉、及膝焉、及臍焉、及掖焉，既而過人之肩，於是萋萋乎其有葉，郁郁乎其有華。若夫遂其勢以漸長，則其盛大之至，固不可度而止矣。然不十臘，是木者，輒膠泄而枯焉。夫膠泄而枯者，根柢不深故也。

夫木之始生也，苯蓴焉介乎蓬蕭之間，蓏氏之繩芟而不及焉，牛羊之啁嚙而不足焉，若將旱而萎矣。及其挺然而特秀也，雲氣遊其上，風飇過其下。夫挺然而特秀者，其根柢深故也。

豫樟者，木之大而材之美者也。雨暘之所煦濡，霜雪之所振撼，鋪根立柢七年，然後始分其莖與葉也。

夫木之鋪根立柢也，十圍引五圍，五圍引二圍，二圍引如椽，如椽引如管，如管引如矢。

衆根柢之下垂於黃泉者， 蓋森然如筋絡之走肌理矣。夫衆根柢之森然而下垂也， 未嘗有盤旋而結屈者矣， 故斲其木也，質正而理直，若朱瑟之絚桑然，得地之氣全，故其文也，有若水之擊濤然，有若谷之出雲者，其皮理厚而實，故貫四時而不彫。材之美如斯而後，始可以負重宇而不撓，承藻節而不傾矣。

今吾子未嘗究求其根柢之深且固， 惟惑其樹之茂而材之巨也，子之惑將滋甚而不止也已。"

其徒憮然而退，瞿然而作，便旋而進曰："夫子命之矣，夫豈是木之謂也?"

歐陽子曰："老泉之文，蓋其稟也厚，故發之遲；其志也慤，故得之精。"旨言哉！吾以爲發之遲故得之精。

念齋曰："今人文字，讀之三數遍，未有不屬厭者，惟桓卿此篇，愚讀之數十百遍，愈不能見其涯涘。"

沆瀣曰："優優乎《考工》之博，燁燁乎諸子之雅，洵天下之奇文也。郁離、龍門皆當避一頭地。"

司馬溫公拜相

論曰：

嗚呼！皇天上帝極仁極善，庇覆四海，子惠下民。惟下民降衷允自天，亦罔不極仁極善。

風雨寒暑不愆厥序，水、火、金、木、土、穀，用資厥生，陰佑下民，惟日不足，誕生聖叡，俾作民主。我不敢知惟天于我民偏篤偏親偏愛，我不敢知惟天于民主偏篤偏親偏愛。

誕錫天位，作辟萬方，惟表正萬民，若有命戒懇惻，在厥后耳曰**6**："朕有聽視，惟小民罔予克孚，朕有命令，罔由明敷于民。嘉乃聖智，克明乃德。假爾一人，用代朕事，惟爾聰明，作朕聽視；惟爾口舌，作朕命令。夙夜欽哉，毋私爾躬。凡厥否德，匪朕攸命。

今茲下民裕厥穀帛，奠安居，罔有凶毒夭札，時乃丕功。允若茲，福祿無疆，子孫世昌，匪予愛汝保汝，則民愛汝保汝。不克茲，匪予傾覆汝，則民傾覆汝。予惟下民時聽！"

嗚呼！若厥考有攸事詔厥子。厥鄉人里人言，不肯背棄，矧違越厥命，忍傷厥考心？

承協天命，厥惟艱哉。肆昔聖后明王，祗奉天休，震恐怵惕，若奉盈懼盪溢，若執玉懼墜傷，惟恐厥德不類于上下神祇、百姓。爰求俊賢，簡納明良，罔遺遐邇暨側陋，建官分職，用乂厥政。

嗚呼！惟四海丕廣，惟民隱弗一，非一人命令攸及，聰明攸察。惟厥有賢臣哲輔，民用安，后用聖。若作宮室不有梁棟，曷成？若耕田不有耒耜，曷墾？若攻木不有斧錡，攻

---

6 曰：底本에는 "目".《瓻齋叢書·尚古圖會文義例》에 근거하여 수정.

玉不有礪琢，曷治？若衣裳不有刀尺，曷縫？

肆昔聖王，在朝視日晷，在夕視星辰，在燕寢默不語，奏食不飽，伏几不寐。惟厥有思瞿瞿，若有攸失，若飢求飽，若渴求飲，若父母懷厥子，若厥昆弟，若厥師儕，若男子戀好色。惟[7]"有聖人、賢士、盛德君子遯逸在中野，予罔克聞？在予庶僚，予罔克知？在予左右，予罔克察？"

肆厥衷誠格感在上帝心，惟帝時念時寵，乃大降俊乂，或賚于夢寐，或錫于龜卜，厥有命猶影響，猶符契。

惟聖王厥既得俊乂，厥命職，亦惟天降命于厥躬；厥既命職，厥委任，亦惟天委任厥躬。惟曰："治惟爾責，亂惟爾責。"厥臣疇敢不感動捐厥身，敬承厥命？

嗚呼！古之人相厥辟，有以一身任天下責。

一夫一婦不獲厥居，若瘝切厥躬，羞以冠裳見士于朝。若出門遇窮人鰥寡孤獨，厥心恫憫若刀斧劊割厥膚。惟厥耳目攸及，越厥未及，咸克惕念，爰加海內。在飲食思民餒，在裘帛念民寒，矧厥立政立典，用垂無窮？

發謀作事，惟曰："罔或賊于下民？罔或啓害于來世？罔或後之人窒牽于茲？"察民情，執時宜，稽前聖盛典，惟用損益，作爲彝憲。厥后嘉豫，允協上帝心。允若茲，天下不治？

嗚呼！古之人相厥辟，有以一身守厥先王成憲。

厥心惟曰："古昔聖人，安厥民若不及。越我先王，竭

---

7 惟：《瓛齋叢書·尙古圖會文義例》에는 "惟曰".

厥聖叡，監于古昔聖人，今予曷敢不于我先王監？"

厥僚友、臣僕有攸謁曰云云，惟曰："兹乃聖人彝訓、先王成憲。損民我不敢知，益民我不敢知，予惟先王成憲時知。"若大木植立罔有移，若震霆降厥側若罔聞。

鞠躬執玉，祗告厥辟，惟曰："嗚呼！今王君萬民，厥丕績允伻乃祖考先王明光德，乃心惟悅。"不其然？

嗚呼！惟先王遺德洽于下民，浸淫在厥肝肺，今有民飂言在中野，曰"今王聖明"，民不克信；曰"今王猶堯、舜"，民不克信。惟曰"爾先王復作"，四方民大興動，胥鼓舞，胥泣涕，胥告言。

嗚呼！民情惟若兹，今王有憂事，惟曰"我先王，奚用苞兹"，有疑事，惟曰"我先王，奚用釋兹"，有聲色悅耳目，惟曰"我先王亦有兹"，惟先王之彝憲式遵，丕篤承前人成烈。

嗚呼！厥臣奉厥君，罔敢易常典，疇敢易兹，出于不軌？允若兹，天下不治？

嗚呼！古之人相厥辟，有以一身遭時艱難，罄厥心膂，用濟斯民，以安邦國。

厥心惟曰："在昔祖考先人篤忠王家，今予蔑德，忝竈丕責。若濟川失舟楫，若陟塗顛乘駒，曷惟克任，不辱王命，用增前人光？"惟曰："予鄙闇，大不及古人克知己愆，凡百君子亦罔及古人忠樸，胥克訓誨。"

詔厥朋友、臣僕，惟曰："爾忠慮于邦國，惟攻責予愆尤，罔有貸遺。予毋敢怨怒爾。"惟曰："予罔或拒忠謀執私智，用得罪于下士。"惟曰："予罔或忌賢嫉能，俾仁賢荒連于外。"厥執身若大敵。

肆百姓愛之，惟恐失，厥后任之，罔有疑。官人賞人，讒言不興；刑人殺人，民不怨。允若茲，天下不治？

嗚呼！古先哲王，或創業造邦以詔厥後，厥後嗣王，或勤儉德，式守成憲，或艱難厥治，克纘先烈，罔非賴厥臣賢哲。

惟厥臣永肩忠貞，乃心王家，厥后有聖德，宣之揚之，惟恐民罔聞知；失德，匡之輔之，惟恐有彰。時乃孚感厥后心。

今小民夫婦在室，貞信調協，不貽厥父母憂戚，家道丕亨，吉慶荐臻。矧厥君臣雍熙，兆民用康，克享上帝心？

祇承天地，和協陰陽，曰雨雨，曰暘暘，曰歲大熟，歲大熟。牷牲、粢盛用奉玉帛，罔不明腯馨香，神祇時聽，祖考時格，嗅歆醉飫，降福洋洋。君臣同德，厥惟樂哉！

嗚呼！古之人事厥后，厥進退不拘係。進以道，退以道，四方民以厥進退卜厥治亂，亦厥后以厥進退作喜憂，將欲安先王宗廟社稷，罔敢不盡厥禮竭厥誠。惟厥臣言聽，厥臣諫納，俾厥臣道不合，惟恥之。允若茲，庶績不興，非民攸聞。

乃或厥臣不克若茲，顧厥祿，忘厥德，惟進退不槀于道，非人侮爾，惟爾自侮；非人慢爾，惟爾自慢。不惟爾自侮自慢，俾他人驕厥志，作人臣，驕君心，厥咎誰任？

人有以道在位，求善厥終，惟曰："爾弁冕惟予授，黼黻惟予授，宗彝惟予授，爾曷敢違予？"人有苦口，惟曰：

"爾非予，疇克援爾？爾今用予，要聲于民。"

嗚呼！若嬰兒載匍匐抱哺，在厥祖考膝，厥祖考恒訓曰："昔先王詔厥臣，惟曰'爾勤訓乃子孫後人，世篤忠貞以翼後嗣辟'。今汝迪聽，疇肯棄先王命，忍居不典，偏諛善佞，用忝厥先人攸命？"肆厥嬰兒既立身，乃作不居，人乃有納笑言，惟曰"堯、舜不克茲"，惟曰"今民大安"，惟曰"予寢飲罔不乃攸賜，知乃丕惠，惟予時克"。

嗚呼！上臣不言惠。惟后聖作乃惠，民安作乃惠。矧厥后惠厥躬，忍不報之以正？私厥爵祿，貨利交征，庶績丕興，非民攸聞。

嗚呼！古先哲王，敷求賢人惟用誠。厥或無人，天乃生之，民乃興之，罔有求不獲，亦罔不求有獲。

嗚呼！惟泉水滔滔，不汲不盈；惟黍稷茂茂，不耕不獲。厥或求不用誠，罔或曰"無斯人"。

念齋曰："一篇'輔相論'，破體《梓人傳》、《待漏院記》，而波瀾恣闊，曲折紆迴，硬奧詳懇，非柳、王敵手。

首述天祐下民，作民主之意。次述人主奉若天命，求賢委任之意。

次論相業，各有條段。有一等賢相輔人主創業垂統者，有一等賢相輔嗣王守成繼述者，有一等賢相輔後辟弘濟艱難者。

其下總論顯晦・消長之幾、出處・榮辱之分，宛轉惻怛，足以感動人。自非胸中別具一部大爐鞴者，不

雜文　269

能。"

沆瀣曰："昌明博大而兼有親切之理，簡勁峻兀而間發
吟諷之趣，擊節一讀，不覺口呿而心折。誠不料天於衰
季之世，生此大材！"

稼山曰："此篇懸空述聖賢事，而分段處點綴數筆斷論。
故純是議論文字，而却似全篇敍事之筆。

　　敍事中夾議論，古來大家所難，此文每段皆用譬
喻生波瀾，譬喻中又夾譬喻。如'若厥考有攸事詔厥子，
厥鄉人里人言不肯背棄，矧違越厥命'，其斡旋之力，
不啻扛鼎倒牛。

　　而篇末敍閉時惡相事，忽夾入一等正人引退完節
事，且敍且論，錯落接應以寫胸中所蘊。讀者只宜言大
文章本領六經，不宜以摸擬斷之。"

著者 朴珪壽

1807年(純祖7)~1877年(高宗14). 19世紀 歷史的 激變期의 한가운데서 活動한 實學者이자 開化思想의 先驅者이다. 本貫은 潘南, 字는 桓卿·禮東, 號는 瓛齋·瓛卿, 謚號는 文翼이다. 燕巖 朴趾源의 孫子로, 어린 時節 外從祖 柳詠, 戚叔 李正履·李正觀 兄弟에게 受學하였다. 24歲 때 孝明世子가 夭折하자 衝擊을 받아 18年 동안 隱遁生活을 하며 學問에 沒頭하였다. 1848年 5月 文科에 及第해 벼슬길에 나선 以後 平安道 觀察使·大提學·右議政 등 高位 官職을 歷任하였다. 安東 金氏 勢道 政權을 뒤흔든 晉州農民抗爭(1862), 最初의 對美 交涉과 武力 衝突을 惹起한 제너럴셔먼호 事件(1866), 全面的 對外開放을 招來한 日本과의 江華島 條約 締結(1876) 等 民族史의 向方을 決定지은 重大한 事件들에 깊숙이 關與했다. 1861年과 1872年 두 차례에 걸친 燕行을 通해 中國 人士들과 널리 交分을 맺었고, 이를 通해 東亞細亞를 中心으로 急變하는 世界情勢에 對해 識見을 넓혔다. 英·正祖時代 實學의 成果를 繼承하여 當代의 文學과 思想에도 相當한 影響을 끼쳤으며, 金允植·金弘集·兪吉濬 등 開化運動을 主導한 人物들이 그의 門下에서 輩出되었다. 著書로 《尙古圖會文義例》《居家雜服攷》等이 있으며, 文集으로 《瓛齋集》이 있다.

校勘標點 李聖敏

1970年 釜山에서 태어났다. 東亞大學校 漢文學科를 卒業하고, 成均館大學校 漢文學科에서 文學碩士 및 文學博士 學位를 받았다. 韓國古典飜譯院의 前身인 民族文化推進會 附設 國譯研修院에서 研修部 課程을 履修하였다. 韓國古典飜譯院 專門譯者를 거쳐 現在 成均館大學校 大東文化研究院에 在職하고 있다. 飜譯書로 《月沙集 9》《瓛齋集 3·4》《菜根譚》이 있고, 共譯書로 《同遊帖》《響山集 4》《論語注疏 1》《研經齋 成海應의 草榭談獻》等이 있다.

圈域別據點研究所協同飜譯事業 研究陣

研究責任者　李昤昊(成均館大學校 HK 敎授)
共同研究員　李熙穆(成均館大學校 漢文學科 敎授)
　　　　　　陳在敎(成均館大學校 漢文敎育科 敎授)
　　　　　　安大會(成均館大學校 漢文學科 敎授)
責任研究員　金榮植
　　　　　　李霜芽
　　　　　　李聖敏
先任研究員　李承炫
　　　　　　徐漢錫
研究員　　　林永杰

校正　　　　鄭美景

校勘標點
瓛齋集 2

朴珪壽 著｜李聖敏 校點
初版 1刷 發行 2018年 12月 31日
編輯・發行 成均館大學校 出版部 ｜ 登錄 1975. 5. 21. 第1975-9號
住所 (03063) 서울市 鍾路區 成均館路 25-2
電話 760-1253~4 ｜ 팩스 762-7452 ｜ 홈페이지 press.skku.edu
組版 고연｜印刷 및 製本 영신사

값 20,000원
ISBN 979-11-5550-307-2　94810
　　　979-11-5550-305-8　(세트)